TIANXING SHIKU
天星诗库

西渡 诗选

天星诗库·新世纪实力诗人代表作

钟表匠的记忆

西渡 著

山西出版传媒集团　北岳文艺出版社
BEIYUE LITERATURE & ART PUBLISHING HOUSE

·太原·

图书在版编目（CIP）数据

钟表匠的记忆／西渡著 . — 太原：北岳文艺出版
社，2020.8

ISBN 978-7-5378-6226-4

Ⅰ . ①钟… Ⅱ . ①西… Ⅲ . ①诗集－中国－当代
Ⅳ . ① I227

中国版本图书馆 CIP 数据核字（2020）第 107007 号

钟表匠的记忆

西渡 / 著

选题策划
左树涛

责任编辑
范戈

封面设计
张永文

印装监制
郭勇

出版发行：山西出版传媒集团·北岳文艺出版社
地址：山西省太原市并州南路 57 号　邮编：030012
电话：0351-5628696（发行部）　　0351-5628688（总编室）
传真：0351-5628680
网址：http://www.bywy.com　E-mail：bywycbs@163.com
经销商：新华书店
印刷装订：山西新华印业有限公司

开本：787mm×1092mm　1/32
字数：200 千字
印张：8.125
版次：2020 年 8 月第 1 版
印次：2020 年 8 月山西第 1 次印刷
书号：ISBN 978-7-5378-6226-4
定价：42.00 元

自　序

　　这个集子是我的组诗和长诗选集。太白文艺出版社2019年出版的《常春藤诗丛·北京大学卷》中收了我的《西渡诗选》，是我第一本短诗选集。这本则是我的头一本组诗和长诗选集。相较短诗选，这本组诗和长诗选收录要全一些。集中的诗就单篇而言，最早的写于1988年，最晚的写于2019年，时间跨度也长些。

　　我有意识的组诗写作始于《卡斯蒂丽亚组诗》。我希望组诗这种形式可以容纳某些在单篇作品中难以道尽的有跨度、有纵深，又有某种持续性、统一性的情感和经验。《花之书》则是想试验一下在一种类似命题作文的情形下，诗能做到何种程度——当然它更多是对我个人能力的一种测试。结果并不能让我满意，所以我的试验很快终止了。

　　《诱惑与自由》是另一种情形，它们所以合为一组，因为都是"十四行"，其题材和内容则并不一致。这些十四行大致遵循了这个诗体起承转合的结构——这也是人类思维的普遍结构，却废除了几乎所有传统十四行或现代变体十四行的韵式安排，所以它们是无韵十四行，或可叫自由十四行。江弱水兄的看法，十四行取消了韵式，就什么也不剩了。我却还想看看在无韵的情形下，十四行还能剩下什么，或者它能比一般的自由诗多出什么。实际上，我认为十四行基于思维的结构，决定了它更倾向于沉思，而不是抒情。抒情倾向于复沓和回环，而不是线性的推进。我相信，自由十四行也还会留下一些具有自身特征的东西。

　　《雕塑的诗》是应邀为北京雕塑公园的若干雕塑而写。主事者原有把这些诗——连同其他一些朋友的诗——刻写在雕塑之侧的设想。但计划搁浅，召集这事的朋友也很快杳无音讯了。

《中国情史》《中国人物》，原先都是按照一个诗集来规划的，但是因为尘事纷扰，这种需要耗费长时段的规划，实行起来困难重重，这两个计划都半途而废了。中国文人诗多写艳情，真正的情诗则少有。实际上，旧诗人很少关注情爱的精神性，它对于人生和人性的建设作用也被忽略。伟大的情爱故事多出民间，最感人的情诗也多出民间。拟想中的《中国情史》想以一本诗集的规模以诗的形式重述散见于传说、笔记和小说家言中的中国爱情，以此刷洗旧诗的艳诗传统，重新发现、发明我们这片土地上爱的精神性。《中国人物》的设想是通过一些至今仍能感召我们的伟大个体呈现中国灵魂和中国精神，其落脚点并不在诗或诗人。这种写法需要对每个人物有深入、透彻的理解和精神上的感应，然后择其一点加以表现，耗神耗力耗时间。目前所写六人均为诗人，看起来好像仅仅是向诗人致敬了，实际上只是因为我对他们稍微熟悉，不用花很多备课时间。所以这组诗也只是我的计划的极小部分。《中国情史》曾得钱文亮兄鼓励，希望我续写下去。将来时间精力允许的话，我也确实想重续前缘，把这两个计划再捡起来。

《返魂香》是偶然发兴，以词牌、曲牌为题所做的一组诗。这种写法有一定的游戏性质，但也有严肃的考虑。这些以词牌为题的诗，其意并不在向古典诗歌致敬，却是要寻回那个在词曲中已经失去的、被掩蔽的东西。向古典诗歌致敬的诗人已经太多了，我并不想成为其中的一员。我要做的是，揭开、刮去旧词中那层层的油彩，回到音乐最初被发明的那一刻，发现那一刻的生命的知觉和感动，再现那一刻的完整的心。而那一刻也就是此刻，你我所在的此刻。

《无处不在的大海》则是同一题材诗作的汇合，时间跨度最长（本集最早和最晚的诗都出自这一组），风格也不统一。但是相同的题材也带来相同的自由的气息。这一组诗在我自己的诗中最能显示诗歌想象的自由性质。

《量沙集》包括一百零二首四行内的短诗。它是以最短的诗构成的一个特殊组诗，其中每一首都可独立，却也有某种整体性。这组东西本来是应蒋谈兄约稿而写，蒋兄当时正倡导"截句"，主持出版了一大套"截句"集，计划出第二套，并向多位朋友约了稿。我很郑重地当个事来做。但等我如约写完的时候，蒋兄却闭关去了，很长时间毫无消息。等蒋兄结束闭关，也不再提这事，估计那一大套"截句"市场反响难如所愿，这第二套的计划也就蒸发了。虽然蒋兄不要了，我自己看看这些"截句"，却觉得还过得去。吾师方强洪先生习书大有成，想找一些短小的新诗作书，我把这些"截句"发给他，竟得其谬赏，计划以两年工夫全文写出。方先生书成，或可单独出一小册。现在却只好暂收于此，作为第二辑。

第三辑是长诗。所谓长诗，在我这里无非篇幅稍长于短诗而已。对于组诗，我还有过一些设想，对于长诗则全无规划。这些诗写得长一点，也是一种迫不得已（与海子的"迫不得已"不同），盖诗所要处理的情感、经验、题材要求如此。相对组诗来说，这些长诗处理的情感、经验更贴近现实，写法也更切实一些。当然，《蛇》《雪》似也有"高蹈"之嫌，实则其中所抒无不源于现实体验，只不过表达稍微曲折而已。曾有诗人批评《蛇》缺少与现实的摩擦，我却终难首肯。可以看出，组诗和长诗这两种体式在我的写作中承担了不同的功能。组诗更多技艺上的试验和探索，长诗则更多为事、为时而作。以篇幅言（不过六十多行），《一个钟表匠人的记忆》并不能称为长诗，但其中容纳的经验却要比一般短诗要略广一些，有人曾称为中型诗，这里仍作为长诗收入。本集书名也来源于此。

太白文艺版的《西渡诗选》和本集，一本选短诗，一本选组诗和长诗，两集各有分工，合起来可以看作一个比较完整的诗选集。两集篇目上基本没有重复。只有第一集中数首曾作为短诗收入太白文艺版的诗选，这里为了能够较为完整地反映我的海洋诗写作的情形，仍然将其收入了。集内的排列，依次为组诗、《量沙集》、长诗。长诗以写作时间为序；组诗的排列则正好相反，写在后的排在前，写在前的排在后。《无处不在的大海》《返魂香》《中国人物》三个组诗中的多数作品为近年所作，迄今未入集，排在最前；《中国情史》见于《鸟语林》（海南出版社 2010 年版），另增加了一首新作《白素贞》，次之；《诱惑与自由》《花之书》《卡斯蒂丽亚》三组见于《雪景中的柏拉图》（文化艺术出版社 1998 年版），再次之；《雕塑的诗》也见于《鸟语林》，分量稍轻，放在组诗之末。这样的排法既是为了给读者一点新鲜感，也是为了藏拙。组诗内在没有结构要求的情形下，仍按写作时间排序，并尽可能标明了每首诗的写作时间。

作为自序，就这样简单介绍一下收入作品的大概情形吧。

感谢桑克兄的推荐。

西渡

2019 年 9 月 24 日

目　录

第一辑　组诗

无处不在的大海（组诗）

返魂香（组诗）

花之书（组诗）

卡斯蒂丽亚组诗

雕塑的诗（组诗）

第二辑　量沙集

第三辑　长诗

第一辑　组诗

无处不在的大海 |

夜听海涛

那是什么低沉的声音
请你向那边仔细谛听
　　　　　——雨果

那是什么低沉的声音
请你向那边仔细倾听
风暴把我从梦中惊醒
我听见波涛远去的声音

不停地拍打我的小屋
打湿了它的两扇窗户
那是它的两只耳朵
日夜把波涛的声音倾听

推开窗户，我看见月亮
像一块铁砧沉入海水
出海的人们呵是否平安
出海的渔船有没有归来

涛声呵，我目送渔民的船只
离开三月的岸边

他们的船只没有归来
他们的骸骨葬在何处

那是什么低沉的声音
我一遍遍向那边谛听
我关上窗户
我的耳朵怎么关上

深夜里我来回走动
耳中满是这不绝的声音
我的耳朵像一双旧鞋
一双灌满雨水的旧鞋

1988-9-18

海上的风

海上的风从哪里来
远离岸上的人们孤独地妄想
我来到天朗气清的大海，水平无际
我没有在海上找到风浪的踪影
甲板上忙碌的身影犹如明镜上的灰尘

浩瀚的大海漂浮在人们的梦际
犹如一块沉睡的大陆
生长鲨鱼的恐怖和危险的传说
我在岸上写下歌颂大海的诗篇，却从未了解
暴风雨的故乡和它的人民

大海呵，我不能对你有更多的了解
犹如我不了解年幼的情人的梦想
她把青春献给一个失望的老人
她从大海得到什么样的馈赠
我感恩接受却无从疑问

我第一次访问大海，我已面临着衰老
我没有见到排浪而起的海上的巨鲸
它在我幼年的梦想中得到栖身的天堂

我所描摹过的海上的珍禽，笨拙的飞行家
渺无踪影，它们是否随我的青春一同消逝

渊面的中心如此平静，海碧而天青
阳光犹如牧放的羊群，面对大海我没有不安
大海呵，从今往后我如何将你梦想
我的收藏也正是你的收藏
我期待一阵风一阵浪带我向远方
诺亚的方舟是海上唯一的船只
我是唯一的旅人，不出于神恩出于惩戒

海上的风从哪里来
我来到海上抱头沉睡，冒充神明
地旷天低，它终能使人如此梦想
诺亚的方舟是海上唯一的船只
我是唯一的旅人，不出于神恩出于惩戒

1993-6-15

朝向大海

1

翻越青色的山脉

抵达阳光明亮的一侧

苍翠的松枝挑起了大海

波涛把永恒的喧响送到耳边

翻越青色的山脉

我呼吸到不一样的空气

我看到另一个明亮的白昼

在山脉的另一侧、大海的这一面

2

天尽头，大海合上

疲倦的翅膀。

雨燕掠过乡村的屋顶

风在树梢考验人的耐性。

在我烦闷的皮肤下，

另一个我已迫不及待地醒来。

只要一阵催促生长的雨

他就要成长为一名合格的新人。

3

雨呵，请把我带到山脉的那边
让我看一看另外的事物。
让我在海风的吹拂下变得赤裸
像一个向深水划去的泳者。

让我远离所有这些平庸的事物
狭小的房屋，不得不接受的肉体
以及接连不断的错误的意愿
它们已使我变得自私而麻木。

4

风向变了！
倾盆大雨从山脉上俯冲而下
我还需要以巨大的忍耐
观察、等待，然后

一跃而起，像孤注一掷
的金枪鱼，投向新生
我经历过多少次这样的考验
这次却使我感到晕眩。

5

雨后的光亮从山坡上消失，
事物向古老的黑暗转身。

而我将悄悄翻越巨大的山脉
抵达阳光明亮的另一侧。

但愿我在另一个天空下醒来！
我的窗户朝向浩渺的大海，
海鸥把窝做到我的耳朵上，
而唤醒我的是第一阵清新的海风。

6
那天我翻越过青色山脉
进入大海的怀抱。
我的呼吸像一片湿润的羽毛
涌出太多的柔情。

大海的对面，山脉像一列鲸鱼。
而我长出了海豚的皮肤，
我看见另一个自己
在天水相连的地方缓缓消失。

1996–5–26

望见大海

抱着大腿，望着大海
午夜的拖拉机牵引着
城市之心驶向海堤
灯塔起伏，大海之心动荡不安
失明的街灯下独舞者
搅动阴影。有人醒来
冲着午夜的窗口高喊：
肉体必朽，梦可通灵！
抱着大腿，望着大海
大海翻身，吐出红色的胆汁

1998-7-28

为大海而写的一支探戈

海风吹拂窗帘的静脉，天空的玫瑰
梦想打磨时光的镜片，我看见大海
的脚爪，从正午的镜子倒立而出
把夏天的银器卷入狂暴的海水

你呵，你的孤独被大海侵犯，你梦中的鱼群
被大海驱赶。河流退向河汉
大海却从未把你放过，青铜铠甲的武士
海浪将你锻打，你头顶上绿火焰焚烧

而一面单数的旗帜被目击，离开复数的旗帜
在天空中独自展开，在一个人的头脑中
留下大海的芭蕾之舞，把脚尖踮起
你就会看见被蔑视的思想的高度

大海的乌贼释放出多疑的乌云
直升机降下暴雨闪亮的起落架
我阅读哲学的天空，诗歌的大海
一本书被放大到无限，押上波浪的韵脚

早上的暴风雨从海上带来

凉爽的气息，仍未从厨房的窗台上消失
在重要的时刻你不能出门，这是来自
暴风雨的告诫，和大海的愿望并不一致

通过上升的喷泉，海被传递到你的指尖
像马群一样狂野的海，飞奔中
被一根镀银的金属管勒住马头
黑铁的天空又倾倒出成吨的闪电

国家意志组织过奔腾的民意
夏天的大海却生了病。海水从街道上退去
暴露出成批蜂窝状的岩石和建筑
大海从树木退去，留下波浪的纹理

而星空选中在一个空虚的颅骨中飞翔
你打击一个人，就是抹去一片星空
帮助一个人，就是让思想得到生存的空间
当你从海滨抽身离去，一个夏天就此变得荒凉

1997–7–1

在海滨浴场

晃颤的乳房犹如私人的贡品，
不能为家屋包藏的神秘火焰，
像一卷名画展开精心收藏的
古老的魅力，像蜜柑一样甜！

而男人们灰烬般苍白的肉身，
在泳帽里像一排排红头火柴，
供给一次燃烧；女人如卷烟
被一个隐身的神把玩于手心。

被宠坏了的女人们陪神打牌，
我们时代的神呵在地产公司
的玻璃幕墙后已经睡意沉沉，
他迷恋上了人间通宵的饮宴。

沙丘上天使的大号文胸神秘
地耀眼，被一群好奇的海鸥
穿上了天，它们兴奋地拍翅，
快乐的呻吟散发经期的气味。

如果夜晚来临，而我把月亮

比作阿尔忒弥斯的一只妙乳，
请你猜一猜另一只会在哪里？
如果不知道答案尽管去问风。

同样的神秘火焰催大海翻身，
防鲨网外一头向往人类生活
的海豚正变成一个火焰少女，
敞开丰盈的肢体令海岸倾斜。

2000-9-9

如果你不懂大海的蔚蓝

如果你不懂大海的蔚蓝
天空不会下雨；如果天空下雨
你不会伸出双手承接雨水
少女的双脚不会踢掉风暴的舞鞋

如果你不懂大海的蔚蓝
你不会记得天下的盐和玫瑰
也不会懂大地上的劳作和苦难
落日燃烧以后梦境的荒凉

如果你不懂大海的蔚蓝
海底的闹钟就会不断地响
丁零零，丁零零，丁零零
和尚丢失袈裟，神仙失去睡眠

如果你不懂大海的蔚蓝
思想渐渐生病，未来连续失去
我们忘记相爱；如果我们相爱
昏睡的血液也不会激动如大海

2010-3-22，北京尘暴中

鸥 鹭

海偶尔走向陆地，折叠成一只海鸥。
陆地偶尔走向海，隐身于一艘船。
海和陆地面对面深入，经过雨和闪电。
在云里，海鸥度量；
在浪里，船测度。
安静的时候，海就停在你的指尖上
望向你。
海飞走，像一杯泼翻的水
把自己收回，当你偶尔动了心机。

海鸥收起翅膀，船收起帆。
潮起潮落，公子的白发长了，
美人的镜子瘦了。

一队队白袍的僧侣朝向日出。
一群群黑色的鲸鱼涌向日落。

2016-4-7

文昌石头公园

大海，在我的呼吸之上再加一口气，
大海，在我的泪水之中再加一粒盐。
大海，涌向天边的波澜，化作血液
在我的身体内沸腾，滚动，永不消失。

大海，你肮脏的苔藓爬满我去年的脸；
人间失落的信仰，刻满我全身的咒语。
大海，你烈日的寂静鞭打我的灵魂：
再见，野蛮的天空；再见，漫长的时日。

2016-8-12

淇水湾之夜

七个人在天台上喝啤酒，后来又来了七个
天上的星星在薄雾中谈话，彼此交换着光
午夜过后来了第二阵雨，星星们领先退场
先来的七个和后来的七个继续喝着啤酒

海风吹着，他们谈话，有时候不谈话，
让沉默占领淇水湾越来越洪荒的空间
偶尔有崩落的词语斜飞，在海水里熄灭
"好大的流星雨"，某处的天空有人惊叹

2016-8-14

从铜鼓岭远眺大海

海鸥骑着白色的书本会见大海
它的笔记停留在一连串的惊叹
从铜鼓岭远眺晦涩的博大辞典
以宇宙蓝为天头，以宇宙不蓝

为地脚。古老的月影锻造大海渊深
热带的爱情之夜摇撼水晶的宫殿
当黎明的拖拉机犁过漂浮的土地
游向大海的长发青年难掩酒色的心

2016–8–14

鸥鸟的鸣叫永不疲倦

鸥鸟的鸣叫，永不疲倦的波光
删尽你一生中所有多余的时刻
唯一一颗高贵的头颅依然高昂
绝不承认那叫我们俯首的事物

跟随鸥鸟飞翔到鸿蒙的蔚蓝里
跟随波光跳跃在永动的浪峰上
这宇宙的女体永在分娩和更新
这女神永远在歌唱别离的欢欣

2016-8-17

海洋之歌

黎明的大海，从你的亵衣上
撕掉最后一枚红色的纽扣，袒露
野性的身体和雪白的心意

午后的大海，我扔给你一枚
二十一世纪的铜币，旋转吧
我的灵魂，在浪涛间欢快地跳跃

黄昏的大海，你这野蛮的狮子
我的盲目觊觎过你荒凉的果实
我的双脚已登上你蔚蓝的台阶

夜晚的海滩，这最后的净土
当我向你发动一场突然的台风
咆哮着，你合上最后的怀抱

2016-8-16

无处不在的大海

睡在半空的大海，站上树叶
跳舞的大海，向人群扔出
一阵阵木瓜雨的大海，椰树下
捂脸睡觉的大海，用吸管
从椰子里汲取歌声的大海

乌托邦的大海拍遍大理石栏杆
斧头帮的大海刚刚砍倒一阵
叛乱的风。哭泣的大海，撕碎
丝绸睡衣的大海，台风中亮出底牌
苦行僧的大海一辈子默默无语

没收了我的爱情和胰腺的大海
装上画框的大海，伸出闪亮的
银十字架，变成三千云朵的大海
狮子的大海缩小了痉挛的胃
卷入旗帜的大海拨转时代的风向

咬牙的大海，摔门而去的大海
绝壁上玩转体操的大海，大喊三声
永不回头的大海。梦中追上我的

大海，冲上大陆扬言报复的大海

无处不在，迎面掷向我鼻子的大海

2016-8-16

七个郑和

我的心渐渐有了大海的形状。
从空中随便抓一缕风，就能闻出
满剌加、苏门答剌、榜葛剌、木骨都束
的味道。追随我的、诞生自大陆的鸥鸟
渐渐忘了它们的出身；有时候，它们
飞鸣着越过我，仿佛一队队大陆的亡魂。

大海啊，我的老对手，我的老伙计，它知道
我的身体在渐渐老去，它夺走我的青春
却以一颗日益磅礴的心作为报偿——
我航过的每一寸海的土地，都是道路
盐的道路，茶的道路，瓷器和丝绸的道路

万里江山养我浩然之气，大海养我
自由和天行；陆地消失的时候，身体
依然是陆地的碎片，船帆依然是
风的姿态，云的姿态。我的心却渐渐忘记了
它所来的方向。我的眼目更加锐利：

我看见乌云背后，闪电的巨大意志燃烧
我航行在滚滚的波涛上，也航行在火上

作为火，我站起来，代替一个大陆回答
大海的提问：农人啊，你们收获稻麦和家园
我的航行收获风、波浪、星空、盐和海啸；
在我之后，麒麟、天马、紫象、佛牙、马哈兽

在波浪之上，找到了它们通往亚洲的道路。
我立定在甲板上，水手们就安然入睡
我闭上眼睛，六个郑和就从我眼前经过
六种姿态，六种步伐，六个声音对我说话
还有一个内陆的孩子，在战场上失声痛哭
今夜，那六个郑和拥抱了第七个

大陆因海而生长，我因空虚而学会飞翔
今夜，六个郑和一齐从天上转身
走进这第七个。在北极星指引下，这第七个
作为大海的舰标矗立。鸥鸟越过头顶
船队远逝，大海中央，第七个郑和停止了望乡

2017-7-18

望　海

你一生的脸，朝向大海
大海的一生，朝向太阳
我朝向你，在光的弦上

在光的弦上，我呼喊
吐纳海鸥；盐的翅膀
抖动，细数海的命脉

2017-8-18

此刻，大海有光

一具巨大的镜子从海底升起
接纳了这尘世的、疲乏的灰烬
愤怒的火焰在海水中平息自己
浩渺蓝缎展开柔软的身体
此刻，大海有光，在洪波中停驻
倾倒出灼热的斧头、挂锁和兵器
鱼群的脊背陡然震颤而弓起
一队军舰鸟奋力向太阳展翅
深渊里，响起遥远的蚕桑的歌声
如黄金的钟磬，在大海深处播种……

2017-10-2

群树婆娑

雨的猛烈敲打，从闪亮的
生铁的铠甲
解救出众树的内心
仿佛每一个安静的身体内
都藏着一个永不衰竭的海

仿佛扭转大海的方向
仿佛一整个大海奔向贫穷的大陆
仿佛一整个大海的鱼跳上大陆的桌面
众树的骨头跳出大海的节奏

一整天，雨的敲打越发起劲
众树身上的叛教者越发恣肆
一阵风的猛烈摇摆把燕子
从众树的耳朵抛向铁青色天空
像一把抗议者的黑色铁钉
彻底解除

困扰整个夏天的痒

众树凌空一跃

舞蹈的神连同湿滑的面具

从空中跌落

（大海，请在我们的身上停留

星光，请拉直我们的乱发

风，请踏过我们的头顶

雨啊，雨啊，像闪电劈开

我们的肢体

从我们身上剥出鱼的骨头。 ）

2017-10-9

大海不断升高

大海不断升高，淹没城市村庄
火车惊恐尖叫，飞机来不及起飞
被深渊里伸出的巨手拽进海底。
摩西说：把波浪分开
让犹太人通过
埃及人望洋兴叹
他们的神不通水性。

犹太人沿大海走下，一层
一层，掀开地狱的盖子
走进黑色云层的内部
看见祖先扭曲的脸
越来越狰狞
直到那唯一的
一对，直到
另一个黎明
人类脱胎换骨。

2017-10-16

北方的海

跟我谈一谈你的梦吧，北方的海
千年沉睡中你梦见了什么？
是不是禁锢心灵的魔法一旦解除，你
又变得胸怀激荡，蓝色的血脉偾张？
孩子们携手来了，叽叽喳喳，
像从南方突然来临的爱说话的鸟？

北方的海，请说出你心中的梦想
你的胸腹间，是否也曾升腾白色
骏马，横行天空，像热带的浪？
北极熊骑着融化的冰山旅行，它
去的地方是否也是你要去的地方？
你梦中开辟的道路是否也浪花四溅？

北方的海，请告诉我你的梦想
一万只企鹅在你的岸边拍掌
是为突然来临的鱼汛？ 海豹
剃短胡子，是为庆祝，北方的海
你复活的日子，重新汹涌的日子？
你在梦中捶打自己，是为证实
这不是梦，而是幸福的心愿？

告诉我吧，北方的海，你还梦见

什么？你岸边立起的第一所房屋

落地生根，是因为冰层融化

土地就会长出植物，长出热烈的心？

啊，请你告诉我吧，那在雪橇上

被角鹿拉着，驶向房屋的是些什么人？

你在梦中梦见的是生命，还是爱情？

2019-1-28

大海无穷尽地跳荡……

……大海无穷尽地跳荡
在深夜和黎明的悬崖上
在正午的山峰上
用一生的虚掷表白它的固执

它涌起，给宇宙上紧发条
命令空间变得柔软
它退下，收回物质的诺言
让时间恢复弹性

它释放云朵，让鸟飞翔
它让植物走上陆地，学会思考
它钻进人的胸腔，经历恋爱和苦恼
它在动物和植物的性中拥抱

在坚硬的岩石上，它摔碎自己
又默默捡回，重新变得完整
它热爱，一场永不停止的游戏
哦，日月，它的转机，它的轴心……

2019-7-9

返魂香（组诗）｜

返魂香

——为 Z.R. 而作

瓦垄上，细雨溅起轻烟。

酒帘低垂。酒人飘过石头的桥拱。

在江南，你吻过稻花、米香和波影。

作为隐士，我与你手植的梅花重逢于山阴。

青溪之畔，白鹭借我袅娜；

倏忽往来的游鱼借我无心。

汀步石之上，春风撩乱往生的心绪；

流水映照前身。你呼吸

耕读的麦浪就起伏，白云就出岫，

松涛就沿着山脊的曲线回返。

塔影宛如重来。山水间，

我们一起听过雨的凉亭

此刻无我，也无你。

时光如笙箫，引你我于清空中重觅

前世余音。

2015-12-10

莺啼序

消逝的梅花香撩动波浪的心弦
露水中，一个琉璃光的世界
被春风草草拆看。花的心里

一尊花心的佛，惯听软语呢喃
你在青绿的枝上唱一上午
春水就涨了一个艳阳的下午

白天如试石，磨亮下午的歌喉
夜晚如鞘，收敛绿天使的翅膀
翻转的口袋内花落如雨

而你一再倾吐的光的黄金缕
在波浪的蝶翼上悄声咏赞
一片叶，一片痴情的江山！

2017-3-4

忆江南（之一）

春风被偶然打头，在流水里
倾尽落花。岸上垂钓的老者
守着一个空无而固执的理念
仙鹤，是路过青瓦上空的云

留下关于远方的海的秘密
鹭鸶，衔走稻田里的倒影
巢于青绿的松枝，燕子
巢于乌黑的檐下，你的江南

是藏在山中的。多年以前
空气仍然透明，未出嫁的
表姐是人间最美的；我们一起
走过的桥爱上自己弯曲的倒影

流水一直在述说它的身世。而
少女的心事是不能说的，心酸的
故事，还在等一个美妙的开始
声音，还在等，善于辨音的耳朵

2017-3-4

忆江南（之二）

顺水船停下八只桨，远行人经过
梅花、杏花、李花、乡村和集镇
在南方，山水面亲切
如灯下笑靥对镜看
水在山怀，山在水怀

山总揽万物，水擦去万物
又恢复。山水的百宝箱打开
一层层欢喜。在南方，山水面恍惚
稻田倒映白鹤的闲心
八桨高举，逆水船载回旧时人

2019-9-7

鹊踏枝

两个花脸在梅树的枝上叫喳喳
一个说露水里的红梅最妩媚
一个说晚霞波浪里的白梅最妖娆

它们从树腰吵到树梢
从树梢吵到树冠
吵醒了上午，又吵醒下午

闹醒蜜蜂，又叫醒蝴蝶。兄弟俩直嚷嚷：
这俩花脸真烦人，不如我俩一起
唤醒红梅白梅好姐妹，赶走这俩讨厌鬼

蝴蝶扇风，蜜蜂挠痒，红梅白梅全醒来
揉揉眼睛，瞧瞧太阳，攒着劲
往高枝上爬，晃晃树枝，又掂掂自个儿分量

两个花脸看见，一下成了哑巴
忘了吵嘴，也不说话，也不叫喳喳
一个劲儿在心里惊叹：花开，如神在

2017-3-6

鹊桥仙

成熟的智慧在于懂得建筑的
艺术；如果还有机会，喜鹊
愿意警告愤怒的精卫，海
永远无法被填满，就像欲望

你填进的越多，它就越膨胀
像骄傲的乳房足以第二次吞没
一只飞翔的鸟。建筑的本质
不在于营造一个自我的安乐窝

而在于怎样在虚无的波涛上
修成一道上升的拱形，引渡
那些得罪过天使的星辰和光
人间的少女，曾日夜祷祝

喜鹊的翅膀。爱的翅膀几乎
肯定会自己长出，智慧却不会
勇气也是，所以你决意移居
到附近的杨树上，做喜鹊的邻居

2017-3-11

祝英台

蝴蝶和花互相经过，就像
我和你。所有的日子卷入
无限轮回的莫比乌斯环
此刻终于找到唯一的出口

你经过我，我的蜜腺就涌出
芳香的蜜，几乎带着胁迫
携往神驰的天堂，那里
一朵镜花也有自己的弦歌

我经过你，你的血脉便偾张
你的翅扇动，我的蕊便挺立
昨日拈笔的手指无心地一触
迷惑今日的我，教我独自警醒

我俩彼此经过时，最深的心
便知晓最难诉的秘密。说吧
我们的命中从此没有凋零
只有迷醉的翩跹，凌驾虚空

2017-3-12

临江仙

凌波微步，罗袜生尘
　　　　　　——曹植

从自我的源头源源涌来
这虚无的波涛，汇流成
难以逾越的淼淼大江
来自对岸的风不断掀起

巨澜。你说，修炼就是不断
腾空自己，在经年的黑暗中
呕心沥血，吐尽尘世的俗念
如春蚕，吐尽最后的光

褪出陈旧的自我。关键是
要在洁白的茧中强行长出
一对无形的翅膀。面对江上
的晨雾，刚刚诞生的新我

近乎苍白，而从岸上迈出的
第一步几乎是动摇的，像
试飞的雏鸟被身后料峭的风

推入巨大的空虚，你必得用意念

把没入碧波的裸足抬升到
空无之上。水面上刚刚绽放的
荷花，凝望你凌波的形象
而微笑着。瞧，这个夏天的新神

衣袂飘举，如层层展开的自我的卷心

2017-3-16

高山流水

在他未弹奏之前，你就听见了
那正在他心中渐趋形成的声音。
仁者的胸怀"峨峨兮若泰山"
万物仰承阳春德泽，万木葱茏。

而智者的心起伏不定，"洋洋兮
若江河"，随物赋形，变化万千
而万变不离本性。那琴手走过
的道路，在他的弦上不断地伸延

海上孤独的日子，海水的汹涌
海鸥的尖鸣，垂天的巨翼，似乎
永不停歇，从他的腕底倾泻而出
直到他攀上了那无限的峰顶：

天下卷入他的袖中；他看着你笑
在你和他之间，是一个伟大的尊者
那引领高山流水的，也引领你和他
把你俩安置在同一根古老的弦上

高山的脉搏是他，流水的呼吸是你

你俩呼吸着同一个大生命的呼吸
你们是孤独的两个，又是神秘的合体
世代合奏着同一曲智和仁的颂歌

2017-3-17

浣溪沙

在山泉水清，出山泉水浊
　　　　　　——杜甫

你本可以把一生许给这一条清澈
的溪水，细软的沙子刺挠你的
足心，石板鱼轻啮你皓白的脚腕
春来江水如蓝，你也如你自己

若耶溪上，莎染的轻纱终年漂漾
苎萝山的桃花谢了又开，如月事
采莲的事不需要季节的提醒
然而，持戈的兵来了，你的莲舟

翻了。青山追随水路消失，从扇底
歌舞流出。被宠爱的身体不再
属于你自己，它是帝国的幻象
生于堕落的心，在王的眼里迷离

你爱过吗？这些送你走上不归路
的男人，越国的，吴国的，都是
棋盘上的棋子，你也是，无可选择

鸱夷浮江，或者泛舟五湖，这样的

结局有何不同？一旦误入历史的
贼船，还有什么能还给你纯洁的
身、心？醉了，就永远醉下去
所有人背叛你，你也把自己背叛

2017–3–18

鱼游春水

鱼从哪里来？鱼往哪里去？
为什么有水的地方就有鱼？
为什么海的中心有美人鱼？
为什么山的中心有鱼化石？

鱼得水则生，水得鱼则灵。
龙是不必的，湖面上鱼鳞
一闪，人的心就开始疼痛。
鱼的一生仿佛一场永不停歇

的歌舞，胜过细腰的舞娘
最迷离的奉献。又那么脆弱，
离水即死，触网即死。人心
也如此，那最善变的市场上

被出卖者啊，爱逝去，心就死亡。

2017–3–19

河 传

我感到死亡将被证实是一种幸福

——博尔赫斯

到南方去！到南方去！一声杜鹃
一声鹧鸪，一声声响彻最深的
庭院。青瓦屋檐下，琼花年年
开放，那细腰的女子最善于等待

两岸的青山告诉你，等待是第一位
耐心的皇帝，升华了青春的命运
而我善于冥想，就像你。江南的水呀
多变的心机，它微皱的心善于容纳

事物的影子出于玄想，我的爱出于
盛大的迷惑。来吧，把水引到御苑里
让堤岸载满杨柳，让杨柳一直葱茏
到南方去，像一队向火焰致敬的仪仗

生命，只当它被用于浪费，才会激起
绚烂的光华。人的心思是一座迷楼
南方啊，是一个永远猜不破的谜！
烟雨中穿梭的玄鸟，发明了"回"字的

多少种写法？而更多的做爱的方法
期待被颓废者发明。更多的解谜的
方法，更多的死的方法，幽眇的命运
被另一个天堂秘藏。我听到裂帛之声

多动听啊！大好头颅，也如大好
江山，需要烽烟的点缀，惶惑的
沉迷的心思需要一曲凄厉的音乐
高山的怀抱需要白云掩映，我需要

一面镜子，照见那最好的日子如何
死去。不！去死，不是战栗地死去
到江南去死，是一种庄严的仪式
需要一点点觉悟，还需要一点点

对虚无的天赋的敏感。自从伟大的死
被荆轲发明之后，人间的生命黯淡了
噢，不要再回到北方去吧，让我对
南方的钟情，成为一个绝世的传奇

骄傲的生命挑剔过所有生的细节
这燃烧的迷津！这无边的风景！
多么绚丽的收场！而你将紧紧跟随
我的榜样，带着对她的永世的倾心

2017-3-20

中国人物（组诗）|

陶渊明

这季风抚弄的稻浪让我欢喜，
自从回家后，屋檐下柳树的浓荫
又伸长了一尺，安抚我的归心。
我感到人该像植物一样定居下来。
动物们跑来跑去，在路上弄丢了
自己，他们依靠不停进食和迁徙
来填充他们身体中的无；植物们
把根深扎在大地上，阳光和空气
无所不在，所以天地是它们的。
我说，人应该回到家里，和植物
一起生长，让鸡、狗和牛跟随我们。
院子里该有一口井，那是人伸向
大地的根；炊烟升到空中，那是
房屋的翅膀。有这些的地方叫家；
先人传给我们这些的地方叫故乡。

人真正的需要不多，而且容易
满足。重要的是用心灵的标准
来衡量，不为别人的目光
改变自己。向内看，我们也像
植物一样自足圆满；也有来自

上天的清明的事物，源源不断地
循环。我是一个快乐的人，少年
之际，精力充沛，一整天高高
兴兴，别人问我：为什么快乐？
我答不上来。也许我该反问：
为什么不快乐？树木生长，鸟儿
调弄歌声，风揉弄春天的新苗，
都是让人高兴的事。我爱我庐，
落日下，鸟儿飞归它们的巢穴，
燕子在旧巢前低飞呢喃，带来
故人的信息。回家是多幸福的

一件事！我也曾在路上迷失
自己。他们说，你不能让孩子
和他们的母亲挨饿。他们也许
是对的，口腹的需要压倒了
道；人们习惯了这样，但我却
感到耻辱；官场的不堪有时甚于
挨饿。贫穷而自由是好的，在
自己窗下裸裎而乘凉是好的。吃
自个儿园中刚摘下的菜蔬也许
更好。接受邻人的馈赠或者
馈赠邻人并不令人不安。自由
是可以在阳光下行走，听风听水，
听自己的心跳，而且对这一切

感到满意。

劳动是不变的道。
通过它，我们抚平身上的创伤
并走向万物，万物也经过它
走向我们；所有心愿在劳动中
满足。女人在汲水时歌唱着，
男人在肩着柴捆时也歌唱着。
劳作辛苦，但心却是豁亮的。
如果忘记收获，劳动本身的
快乐已补偿我们付出的辛劳。
春天了，农人们相邀到南山
播种；秋天了，人们结伴到
西田收获。农人的假期是美好
的天气，泛舟西溪，让风和
流水把我们送回村口；月亮
升起，照见船中未收拾的杯盘。

酒也是给人带来快乐的东西，
如果你本来快乐。假使你
不快乐，它就让你更加不快乐。
酒的道就是人心的道，自由的
心灵，酒让它更自由，与大化
同在；不自由的，它奴役他，
让他永远沉沦。生死不过是化，

宇宙也是。庄稼生长，收获粮食，
酒是粮食之灵，人和酒在一起，
就是和万物相遇，也是和自己
相遇。所以，你要和自由的人
一起畅饮。我和农人们饮酒，
围坐草丛；和朋友们在月下欢饮。
酒温暖了我的心，我抱着
无弦琴，听前溪的清音，写下
令我迷惑的诗篇。我对贵客说：
我要睡了，请你离开或者
留下，和自己对饮。我也和
影子对饮，天地有无都在一念。

人间草木令我迷恋，就像自由的
心。我爱人们。我没有为五斗米
折腰，但我也没有诋骂某人。
清浊都是值得的一生。我的一生
也许不是榜样，但我的诗却是
先声。诗的诞生是重要的：我写下
《归去来兮辞》，让一个种族拥有
家园；写下《桃花源》，让自由
的人们拥有梦想。就像种子不死，
诗也不死。我感到未来的少年
走过拱桥，读我的诗篇，那桥身
的战栗传到我的杯中，那时

我就是桥下的流水……我写下
采菊东篱下，我就成为一朵不断
重生的菊花，一直在秋天
明亮的风中，散播秘密的香。
不要相信那些不经的说法，我
不是一个受贫穷折磨的苦恼人，
隐者也是一顶虚假的冠冕——我
不得不戴着它和你们相见。
但是你们最好忘记它，我唯一
可以向你们担保的是我的快乐，
直到临终我都是快乐的，我心
安宁，像花期的植物一样安宁……

2015-10-11

谢灵运

我独自渡过了江水
我的影子没有过江

我成为一个没有影子的人
独自面对江上的风和海上的风

我把影子留在山里
我把怀念留给斗城

我把四面的窗全部打开
我让八面的风把我的心吹乱

这是在江心，四面空阔
我的心也空阔

空，我就看见池塘生春草
阔，我就听见园柳变鸣禽

影子已经毫无用处了
身体也毫无用处了

我立下遗嘱，要热爱山水

造就辽阔的心灵

将要赴死的是一具毫无用处的皮囊

将要不朽的是命运赐予的两三诗行

2016-5-7

杜 甫

乾坤日夜浮
　　——杜甫

从我出生起，这雨就一直在下；
这风就一直在嘲弄我单薄的衣衫。
山河坼裂。潼关已破哥舒死。
女人们哭瞎了眼睛。皇上带着他
的爱妃，逃出了京城。在马嵬坡，
他证明自己是一个怯懦的情人。
彻底的失败。他和他的帝国都老了，
在危险面前丧尽了勇气。追随
皇上的榜样，所有的人都在逃。
狗在逃。马在逃。房子在逃。
河流在逃。桥也在逃。逃，是
一枚飞不出去的果壳儿，把
男人和女人的心关在它黑的内部。
逆着逃亡的人群，我一直走，走向
我所不知的地方；我一生都在坚持
这个动作；寻找那个携着光的人。

屋漏连阴雨。受寒的孩子被自己的

哭声惊醒，徒劳地，妻子用尽家中的
盆、桶、罐，接住雨水，设法给孩子
留一个干的被窝。苦楝树在洪水中
呼喊；我担忧其他的孩子和母亲，
我也担忧朋友们，从北庭归来勤王的
老同事岑参，奔走于剑阁蜀道的高适；
我最担心那个不知世途险恶的蜀人：
他把自己当成补天者，一再把自己
驱入险境。坐在黑暗里，像坐在一艘
漏水的船里；我一生都没有离开这船，
漂浮在祖先的河流上，盼着大地放晴；
船外，是隐伏的仇恨和杀戮。风在
呼啸，带着对人的难以言喻的轻蔑；
冷，是彻骨的湿和冷，围困船内
渐渐暗下去的烛光。只有靠近心头的
地方，还有一丝温暖。也许这就够了。

一个女人的死撕掉了帝国的假面。
而我废弃了圣人的理想，不再做梦，
人们也不需要有人用真话揭破
他们酣睡的大梦，所以我离开。
我一生都在离开。但我真的离
开了吗？我走过的每一个地方
进入我的诗。还有那些互相惦念
的人，死去的和活着的；那些

清晨的花，开过的和未开的；那些
事，温暖了我的和刺疼了我的；
那些恨，那些血。都在我的心里呢。
那些水上嘶哑的呼喊，沉没了或者
被风带走，当我闭上眼睛，都能
在我的心中——找到，——复活。

我对自己说：你要靠着内心
仅有的这点光亮，熬过这黑暗的
日子。无边的空间，永无尽头的
流亡。山的那边，是山；路的尽头
是路；泥泞的尽头，是泥泞；黑暗
之外，是更深的黑暗。在自己的
祖国流亡，也在自己的内心流亡。
然而，黑暗愈深，内心的光也愈亮。
而光也就是诗啊。春天来了，草木
浴血生长，杜鹃啼血，而农人们
仍在耕作。这是伟大的生存意志。
女人们背负着孩子，那是未来蜷伏在
她们的肩上，眺望着又一天的黎明；
在春天，竹子的生长被暴力扣住，
在石臼的囚牢里，它盘绕了一圈
又一圈，终于顶开重压，迎来了光。
于是宇宙有了一个新的开始。

黑暗太深。我担心人们会习惯
暴力，甚至爱上暴力，失去了
那唯一可以依凭的，柔软的心。
当人把琴当柴火烧的时候，上天
选择我，作为宇宙的泪泉，所以
我写诗，每日，每夜。这是我的
补天大计。世界从一首诗开始，
世界也会在一首诗中新生。我
记下我的哭，记下百姓的哭，
和那些无耻的、残忍的笑。
我要让后来的人们记住：记住
诗，也就是记住了光。我走过
这个无光的世界。我一直
爱着。这是唯一的安慰。
我死的时候，我说："给我笔。"
大地就沐浴在灿烂的光里。

2015–9–17

李商隐

春心莫共花争发
　　　　——李商隐

辽阔的夜。这晚来的雨下得
越来越急。帘外，是冷的世界；
帘内，是微温的心。一点灯光
照着我渐醒的心，一杯残酒
加热我的梦，又一点点冷去。
世界，我和你之间，隔着一场
永远下不完的雨，而爱人永远
裹着冷的雨帔，让我们猜不透
她的心。此刻，几乎被抹去的
邙山之顶，那抖动的一点光是
为我的吗？每个人都那么遥远，
我爱的和爱我的，你们的逝去
把我剩在这世界的一隅，继续
梦这永远的梦，似永不结束。

这北国坚硬的雨，打在心上
让我想起江南，那些我凝望过
的地点，我渐渐模糊的一生；

它们像泡影一样消散了。我
的一生像一双配不成对的
鞋子，充满谬误。我相信过爱，
相信过春日的光。我的道途
一直在告别；江湖阔远，月光
寒冷，我飞过的天空过早地
把我的背压向大地。我的梦！
也许，只有梦值得我们活下去，
也许，梦就是我们内心的法则，
一片内在的星光璀璨，诉说
另一种非人的语言。人间的权势，
人间的笑，甚至人间的泪，
都会变质，只有它永远新鲜，
带着最初的神秘和光。梦，
是我们唯一能够接近的永恒，
禁苑中的花朵。我曾以我的
骄傲回击显贵们的轻蔑，
我还要以我一生的谬误反驳
他们教科书般永远正确的一生。
我从不在歧途痛哭，我祈愿
歧途上的谬误来得更多些！

我相信过爱，可是这世上的
爱人是多么少！我到访过银河
的尽头，收获过织女的馈赠；

我们一起眺望过星星坠落海上，
雨下在窄窄的河源。光的织女！
支机石雕凿的砚台让我的笔
在长夜里放射五彩。她说：
情在，命在。而我以一生的泪
赌了这句誓言。在这告别之夜
我的泪流完了，变成了人间的
几首诗，几句话，让口拙的
汉人，在表白爱情的时候有了
语言。以前，我反复梦见星辰
坠落地上，变成石头，消磨了
它的光，长上了雨痕、青苔；
而载我归去的红鲤已在风雨中
靠泊码头："一个人飞出自己的

肉体……" 我的一生开始于此
结束于此。而后人将用麦地
环绕我的墓室。麦地！这生活
的光，生活的玉，永远碧绿而
多芒。千年后，我还会在光中
游戏，看见来来去去的人，掩泪
……那时，我还在人们中间吗？
我还爱着。我的心，还耽恋着
谜一样的花烛，放着光，替自己
惋惜，也替你们，失败的爱人。

然而，也许你们就是上天选中
的人，也许失败就是不灭的光，
最后的成就，也许我就是你们……

2015-10-24

苏 轼

文明就是造就文明人。
　　　　　——罗斯金

我喜欢梅花，喜欢竹林，也喜欢
喝一点酒，但酒量不大，最喜茶
可作长夜饮，一生不解失眠的
滋味。我喜欢美食，自己动手的
最合口味，偶然兴之所至留下的
那几道菜肴，人们品尝了千年
还会继续品尝。我喜欢亲人
团聚，但不得不容忍离别。父亲
和弟弟，我一生中最珍爱的亲人
生前聚少离多，死后却长相厮守
一个名字下拥有三个最好的灵魂。

那年我们一起入京，途经的每个
驿站都成了明亮的记忆，而我
爱上了中国壮丽的山川。为此
我宽恕所有的政敌，他们的阴谋
和陷害让我饱览了最遥远，也最
奇异的风景。我一生始终保持

兴致勃勃，见识了最神秘的异人
品尝过上天赠予的友谊的佳酿。
流连在陌生的山水间，我常常
把鞋子走掉了。然后，下雨了，
朋友们扔掉他们的帽子，我
也扔掉我的衣裳，我们的身上
开始长出植物的皮肤，绽放成
一树树闪亮的梅花，柔软了人心。
有时候我也是一只白鹤，用飞翔
向天空致意。

我一直喜欢
涂涂写写，人们管它们叫书、画，
诗词、文章，它们不过是我呼吸
的留痕，梦的碎片。而我最珍爱
那些随手写下的信札，与另一些
我珍视的灵魂分享这可爱的人间。
世界是好的，一些人试图把它
变坏。变得无趣。圣人太多。
而我重视常识甚于玄学，诸教
之说，我取其近于人情者。生命
值得拥有，它让我喜欢；上善若
水，我心如流水，也如白云。
这世界该多一点温暖。这是
最好的道理。

鸿飞不计东西，
但长久的乡恋让我选择汝水
之畔的这处山坡作为归宿，
它太像我的家乡，靠近中国
的心脏。在死后，我的耳朵
头次如此贴近大地，我获得
绝对的听力：草木的呼吸
震动山川，蚂蚁的行军引诱
隐约而遥远的鼙鼓。这个
无人看守的世界依然沉醉于
丝帛买来的和平：弄权的
继续弄权，醉的醉，歌舞的
歌舞，瓦舍勾栏依然万人
空巷，装圣人的继续装。
没人预感到时间将很快夺走
他们现在所有的：最高贵的
将成为最卑贱的囚房，此刻
醉心于炭烧的，将被迫吃下
最难咽的食物。而我已拥有
大地青山，我知道我并不高广
的坟茔，将比帝国的城基稍微
坚固一些；而时间最难以消化的
是我偶尔说给世界的那些悄悄话。

2015-9-9

高　启

你侧身躺着，对旁边的黑衣人
说："动手吧，使出你的看家
本领！"那粗汉咕哝着后退一步
第一刀狠狠砍在你的肋骨上

长刀被弹了回去。他啐了一口
第二刀瞄准腰的位置，刀子
深切入肉，但并没有完全切断
整个身子。你摇摇头，几乎

笑着说："小子，你该更尽力些。"
你用一个手掌抵地，撑起
上半个身子，另一手扯断了
上下半身相连的皮肉。然后

你开始用双手掏挖内脏，从胸腔
掏出心和肺，从腹腔掏出肝和胃
你说："让我最后看看，这些我们
称之为内在的东西。"你大睁着

眼睛，细细凝视，似乎一切还令你

满意。你说："它们终究是干净的，
我不用为自己的半生后悔。"说完
你慢慢闭上那双终于洞彻内面的眼睛。

2017-4-2

中国情史（组诗）｜

西王母

将子无死，尚能复来
　　　　　——西王母《白云谣》

尚采不死药，茫然使心哀
　　　　　——李白《古风》

通过你，我爱上一个人，
这美妙的人间风景，
让一个神感到头晕，
青铜的四肢苍白地发冷。

我知道你的爱是一生一世，
而我的爱是短暂的神的一季；
多少人在我的天堂出出进进，
然后被拭去，像妆台上的灰尘。

不朽呵，神的护心镜，
让他们的心变得僵硬；
我真愿抛下这一身盔甲，
与你同死，也与你同生。

这是我的瑶池，永远歌舞不停，
钟和鼓催迫着，催乱我的心；
人呵，请坚持得更长久些，
等我把不死的秘方发明！

2002-9-12

涂山女

我用等待发明了时间，并让
爱的历史开始。几千年
过去了，我还端坐在涂山上
缝着他临走时留下的衣裳

大雁从北方带来他的消息
燕子向南方报告他的音讯
烟从大地升到天上，眺望远方
我发现了比我望得更远的人

他走向四方，也永远走在
我的思念里。哪里有洪水
哪里就有他神一样的身影
我不流泪，为他拦蓄更大的洪水

我是第一个作茧自缚的人
为爱情缝好了第一件衣服
让我吐出最后一根丝，关上窗户
让他的形象在大地上愈来愈完美

2002-9-6

苏小小

请从空气中收回你的形体
借着夜色再一次现身
你重新系好昨日的同心
却再难闻昨日的风嘶马鸣

借着妆镜你还能再看一看
这窗外夜夜繁华的灯火
但你再不能乘着油壁车
在湖畔的烟花中流连

夜晚的风还会来抚慰你
青春的妆奁，引诱你的目光
从昨天凝望这空空的房间
那爱过我们的已化身为月光！

而我们不得不一再死去，
并在死后继续为她伤神
但你的形体已无法收拾
但你已穿起了风的衣裳！

2002-8-31

柳　氏

我感到有一阵冷彻的风从内
向外吹，命令我全身的枝叶
追随它乖戾的舞步。秋来了
一点点变冷的，是我伤心的血

我要让自己变得更慢，更懈怠
我并不担心器官像灯油烧干
对生活，经过这些年的离乱
我渐渐有了稍异于常人的理解

我只担心血气的亏损将使我
记不住你的容颜，生的欢乐
我感到了危险，当我们重逢
我再不能把你从众人中认出

所以我要在长安的秋风中坚持
春天的绿。我要每天面向大路
精心梳妆，为了减轻时代的病痛
记住自己，为了记住你！

2002-9-4

王 生

我爱你的风姿比风景美
我也爱你的心比蛇蝎毒
我见你青灯下把画皮画
我也见你深夜把密窟回

我坚持我的追捕不放弃
我爱每一回惊悚胜爱你
夜阑更深，你蜷进了门
我的恐惧也随之到了顶

我是王生，也是作法的道人
我将拂尘高挂在寝门口
只为看你将它扯成一缕缕
我们相弃，为了更深地相守

剥下你的画皮化成烟
进入我的葫芦陪伴我
纵使你原形败露，我也有一颗
狞恶的心，誓愿和你守到底！

2002-9-14

张倩女

为了真正的爱情，肉体必须
退场：我一天天消瘦并轻盈
在他寂寞的行旅中，我是深情
的风景，为他打开夹岸的画屏

青山和绿水，一卷卷难以索解
的心灵之书。这是怎样的福分
和一个倾心的灵魂相依相偎
在他的袍袖里，我是恼人的恨

小小的虱子，一路上挥之不去的痒
我是他膝上的琴，当他想到音乐
当他抬头，我是布帆上上升的月亮
如果没有月亮，我就是空虚的夜

当他骑马，我是他耳畔呼啸的
空气，校场上马蹄踏弯的青草
当我们分手，我是他喝剩的酒
当他是年轻的状元，我是长安的花

2002-9-1

白素贞

她把自己缩回钵里，
重新面壁，恢复修行的日子，
黑暗笼罩细而软的身体，
潮湿的洞口星光垂落。

她向往光，所以她姓白，
她渴望越过人妖的界限，
所以她需要一把伞
在细雨飘落的断桥。

盗仙草，水漫金山，在爱的
天平上，她累积恶；
她生下一个儿子，在某一天
会开口叫她妈妈。

雷电追逐她，那些恐怖的夜
在稻田里制造一片狼藉；
友谊不能理解她的心事，
她在人间的孤独被放大。

相比愿望，结局始终是一座

过于狭小的塔。她所欠缺的
是一声血脉相连的呼喊
让塔倒掉，让江山永远不老。

2019-9-22

杜十娘

李甲温存，却心性怯懦
孙富有钱，就是没安好心
柳遇春是个好人，你却只能
以珠玉相谢。我们都是凡人！

命运弄人，还是我们把它错认？
"同行千里路，未识一片心"
你连日催马急行，却不料命运
还是在江边赶上了懈怠的浆

不是李生负心，不怪孙富歹心
昨日的苦心换来今日的伤心！
你的不小心引诱出怎样的命运，
你的伤心却不能打动任何人！

你的身体就是你珍藏的百宝箱：
这猫儿眼是你唐突的乳晕
这祖母绿是你惊心的眼神
你既已用尽自己，又何怯于自沉！

2002–10–17

诱惑与自由（十四行组诗）|

诱惑十四行

犹如一道门，对于我们人类：
水手从这里出发远航，但绝少
有人从这里归来，就像磨亮的铜镜
吸引世上过往的行人走向它；

有人歌唱在远方的风景里，
犹如天边的细浪，破浪逝去的鱼脊；
传说中的渔岛上桃花盛开，
在我们的航线上成为一抹伤心的遗迹。

我们的心愿好似一片帆载着我们，
塞壬的歌声起自我们的晕眩：对黄金的渴望
把我们引向芳草如茵的新大陆。

道路即是歧途：迷失在我们的智力
构成的空间里，高速公路在每一刻
制造着更多的远方的牺牲品。

1993

平衡十四行

他觉得人的处境从没有像现在这么坏
自从他挣脱古老而愚拙的习惯，
他的头脑已比先前灵巧，懂得
在危险中保持平衡的技巧；

他尽心竭力地拓展生存的疆域，
他呼吸的空间却越来越局促；
一如他关于世界的知识越来越有把握，
他对生命的自信却越来越动摇。

他开始迷上报纸，或者任何轻松的文字，
凭着理智的提醒，他也能和周围的事物
相处得和谐，有如相敬如宾的婚姻；

他渴望被远方的另一人爱着，
并且在黄昏时分梦想着，有朝一日
他将抛弃一切，和远方结成完美的一对。

1993

自由十四行

他喜欢像候鸟一样飘移，
喜怒哀乐是他令人沮丧的四季。
他羡慕鸟喙里一粒渺小的种子：
它的成就将是浓荫遮地的参天大树。

而他的自由把远方捧到他的面前，
像一盘成熟的樱桃，提醒他的饥饿；
命运像一匹马把他散布在偏远的角落，
这促成他宣布自己为世界的主人。

如今他却选择在高楼里定居下来，
像蛰居的蜗牛，他的家把他拖累；
地平线在他的梦境中成为囚牢的象征。

确实，他仍然是自由的，但是
他只有把这权利保留给体面的死亡：
瞧，他从十七层楼一跃而下，像一枚鸟蛋。

1993

朋友十四行

他们在成年人的战争的夹缝里成长，
从未受到太多关注，但却很少感到饥饿；
祖国像一个阴谋，从很早起就玷污了
童年游戏的草地。他们毫不在意：

他们要求成熟的愿望超过了国家预算，
他们渴望加入改造人类的伟大壮举；
但时代变了，他们已被放弃，
于是他们开始认真地改造自己。

他们中一些人上了大学，另一些学习经商，
还有的漂洋过海，却不知道要干什么，
有人预言他们中将出现不同凡响之辈。

有人很失望，把他们作为时代的邪恶的证据。
但无论如何，生活已教会这一代人
思考的能力，并且有那么几个人懂得珍爱自由。

1993

题友人像

他与之相守的房间还没有为他
迎来首批造访者；邻居的鸽子
在他的窗前留下一闪即逝的风景，
他在废墟上画下他的鲜花与桃仁的女性。

在他的额头上，有一种逐渐消失的影响，
那是少年时代的贫困留下的阴影：
严峻的表情源于更大的悲伤，
他称之为爱情生活的灰烬：眉宇间是它的终结。

像一处逐渐开朗的残冬的山峰，
迎向阳光的一面已开始融雪，
另一面却骄傲地阴沉着。

有时他的目光里突然掠过一丝茫然
像有山鹰疾速地滑落，带着阴影，
它的翅膀掠过正午沉睡的村庄。

1993

春天十四行

当雨水从山梁落下的时候
男人们挽起裤腿下到田里
孩子们的赤脚走在田埂上
亲近了大地最柔软的胸怀

当紫云英翻到泥里的时候
满山开遍了火红的映山红
孩子们整日在山岗上漫游
吃花人梦中淌出殷红的鼻血

当春雷滚过乡村屋顶的时候
野韭菜摆上了贫穷的餐桌
大地的生长和奉献无穷无尽

当雏燕振翅越过林梢的时候
沉默的孩子学会向往，麦地中央
老祠堂把飞檐迎向阳光和云浪

2012

夏天十四行

从暴风雨的故乡送来大群绵羊，
青草遮没了昨天的城市和村庄，
乔木上的鸟窝密如繁星；透过云层
传来牧场上牛羊生长的声音。

参天大树高过了夏天本身，
风在树荫下歇晌，它刚刚上岸，
赤裸得像一个系肚兜的孩子，
带着河水的腥味，有一副满不在乎的面孔。

正如雷声往往在最寂静的地方产生，
生活中备受折磨的人们在天空下
沉默着：犹如乌云的三百个儿子。

这证明我们还有唯一的机会，
掏出心和肺，让暴风雨冲洗，
在秋天来临之前，妆扮成一个新人。

1993

秋天十四行

在秋天，果实沉甸甸地坠入大地，
就像一枚鸽子的卵摔碎在大路上；
树林里鸟巢被毁，幼兽长上新绒，
而在贫困的山区，失学的孩子们

已面临着一个严峻的冬天；
风踩着郊区的高压线走过，
突然攫住一只麻雀瘦小的身体，
正如相同的果实击落了秋光。

一件昂贵的貂皮大衣开始怀念
玛丽娅的体温：一个卖冰棍的老头
觉得他的一生已面临无边的黑暗。

这时他怀念一个人独自走向旷野，
就像一块最为沉默的石头怀念
另一块石头，一粒种子怀念参天大树。

1993

冬天十四行

一块驮着秘密的乌云从远方
飞来，就像游牧部落的马队
啃食着大地上残余的谷物
乡村和旷野严峻地沉默。暴风

在郊外的树林里呼啸而过，
把我们一直驱赶到遥远的海滨，
这时候没有谁能够抵挡
他们的马蹄和马刀，杀戮和轻蔑。

叛徒和阴险的伪善者在广场上
高谈阔论，他们的哲学被公开灌输，
而我们的邻居正死于夜间的谋杀。

爱情也将经受严峻的考验：
当灾难来临，我们中的许多人
将背叛亲人，放弃一生中最珍贵的东西。

1993

爱情十四行

在爱情的月光小径上绊倒
一匹瘸马，它在旷场上寻找
绿草，鼻子碰到一匹狭长的白练
迷失在荒凉的草丛深处。

蟋蟀的琴声从砖缝里传出，
那里正是夜晚最黑的部分。
在一片卧倒的草地上寻觅
情人的踪影：它找到一支唇膏。

谁能阻止爱情的悲痛和
蟋蟀情郎幽怨的心曲？犹如校园中的蒿草
在假期里疯狂地生长，一夜之间
占领了楼群四周荒芜的空地。

但是它的生长没有得到人们的祝福，
在割草机的轰鸣声中，我们的爱情不能生长。

1993-9-6

飞翔十四行

远眺鸟的飞翔是一种幸福，
你诞生于被逐的肉体永恒的梦想：
在心跳和呼吸所能抵达的最高处，
体会到虚妄和自由。你是宙斯金色的雨滴。

在天堂的早上采果食露，是你
为我们的梦想披上欢乐的衣裳；
神仙的伴侣和宝石的天使，
而你为什么来到我们中间？

死亡到肉体为止。你的躯体
捐弃在大地上。啊，鸟的骨骼
你的化石仍拥有那骄傲的姿态：

永无休止的飞翔。你是神的阴影
你把我们的向往引向天堂，并使我相信
所谓幸福就在你轻盈如歌的滑翔里。

1993

温暖十四行

我的忧郁的朋友，有副动听的嗓音、
宽大的肩膀和一颗朴素的心，
对于流落在他乡异地你的友人，
你的忠实犹如一所宽敞明亮的房屋，

犹如家，永远有茶、酒和亲切的密谈
温暖多年来的心灰意冷；
你属于另一个已经没落的传统，
大地的儿子，梦想者的家族。

我不怕活着，也无畏于死，
对于大地我是忠实的行人，
对于爱情我永远是一夜的归人；

因为你活着，我还能热爱人类，
你的存在将被珍视，犹如精神的种子，
它在我眼中已成长为一片参天大树。

1993

孤独十四行

孤独犹如青蛙潮湿的皮肤，
在初夏的长夜里，在梦中
一只井底之蛙在我的
骨缝连接处下卵：孤独。

月光下蛙声喧嚷：啊，无边的孤独
孤独中它们痛哭失声。
谁能够拯救这些悲痛的蛙群？

多少次我倾听过它们，
伴随着药物的失眠，在乡村之夜
它们痛哭失去的是否
正是我被偷走的睡眠？

葡萄架下，那个数星星的
少年，生了病，他所热爱的邻居的女儿
正是那只孤独的青蛙变的。

1993-9-6

W．H．奥登

我们如何获知一个人的成长，
他的前额将成活一粒真正的种子，
战争和四季在他的脸庞上雕琢
大地的伤痕。时而像山峦般开阔，

时而像河水一样闪亮。他热爱
并历尽生活的沧桑，其中有
西班牙和中国，台儿庄至今传诵着
一个守旧的民族生存的勇气。

就像一个从未出过远门的村民，
他了解大地和乡村，在城里
他的感受力经受住了严酷的考验；

当我作为一个少年，我被他的面貌吸引，
如今我开始理解他严峻的诗篇，他教我
热爱劳作的双手，从不对生活抱怨。

1993

保罗·瓦雷里

我们必须学会向你的光荣致敬
艰辛和误解压迫你，犹如忠实的仆人
我们必须长久地训练耳朵和眼睛
为了更好地了解每一个词语的秘密

盛大的葬仪之后，你重新回到泥土
从此互相亲密地依存，犹如浪花和水
花朵与芳香。你是世纪的光
法兰西不朽的海岸是发光的星体

我们时代的荷马：经过长期的深思熟虑
你已越来越接近那种神明的境界
驾驭着新希腊船队，在一个贫乏时代

你高扬起伟大的征帆，犹如创世者
你命令周围的事物忘记身处的世界
发出粗糙的光芒：犹如海伦的嫁妆

1993

玛利亚·里尔克

语言的劳作产生我们精神的需要
长期的忍耐中诞生了思想
而在劳动者的孤寂里从没有神祇
受到如此的膜拜。你走出去

孑然一身，尽可能地走向远处
但从没有走出它不断拓展的疆域
你更深地从内心的感激里汲取
但一切其实都取自它变幻的灵泉

它迫使你孤独，像一件乐器
它是舞蹈者，又是舞蹈本身
它从浪花中献出阿佛洛狄特的身体

而你终被迎进它庄严的祭坛
像一头悲哀的动物：在伟大的牺牲中
你已化身为天上不朽的星座

1993

梅花十四行

你的来临没有任何预兆
在我荒凉的内心引出的惊喜
同样令人吃惊。第一道曙光
使你檐下的姿影变得更加姣好

梅呵，你使那独居者倍感孤单
大地更加广大而荒寒，溪水消瘦
有人在镜中返回了雷雨和云影
而我看到了衰竭的心脏，病弱的爱情

还有什么需要在冻雨中被人怀念
你挥霍了一切，凛冽的阳光
下午的干草车载走了生活的全部希望

这是星光下最后的美，最后的泥土
被摒弃者的家园，梦想的子宫
呵，你这来自北方大地的骄傲的姑娘

1993

白痴之歌

我是你们的幸福之星，
你们妻女的贞操和男人的诚实，
我是好人的尾巴和善良人的外套，
我将和你们每一个人做最好的兄弟。

智慧应该驱逐到沙漠去饿死，
它带来不和与争吵，像讨厌的瘟疫；
我将代替神圣的戒律，住进你们心里，
像一个好父亲，我监守你们所有的秘密。

应该把那些写讽刺诗的家伙统统绞死，
我宣布上帝的统治已经到来，
世界像一个欢乐无边的村庄：人人都是兄弟

魔鬼已经逃走（让它去陪伴垂死的智慧），
从此再不用为此提心吊胆：地狱
张开血盆大口，把我们一口吞下

1994

安魂十四行

当我年事已高，生活在世界的一隅
对明天没有更多的要求，主呵
请不要吝啬你的阳光，
让它继续照耀我的晚年生活。

让我的心和平、安宁，犹如高山流水
清澈、流动、一泻千里，让我
忘掉尘世的纷扰和对敌人的仇恨
让那些残暴的人也享有片刻的安宁

别让我死得仓促。别让我看到亲人的泪水
我不愿像一条无用的狗被人宰杀，
也不愿像那些怯懦的人失去耐性，
让我死得体面些。给我勇气让我忍受痛苦

主呵，让我死得悄无声息，像一朵花
落地无声，甚至不惊动熟睡的爱人。

1994

梦境十四行

我从未梦见我爱过的姑娘，
像我梦见你那样，你的造访
像航过海的波浪一样悄然
闯入我的梦境，一如在生前

你突然出现在我狭小的家中。
"多棒的小伙子"，我的妻说，
"为什么不跟他说话"，我惊讶
多年以后你并不像我们熟悉的死者。

"走吧，沿着波浪的路线我们终会
找到一个地方消失，"在楼梯口
你用这神秘的暗语向我告辞。"等等"，

我说："你究竟要去哪里？"
但你不再听我唠叨，双手往后
抱住脑袋，从那儿一下子消失。

1995

花之书（组诗）｜

海　棠

（为妻子而作）

只恐夜深花睡去
　　　　——苏轼

在花烛的守护下进入春风沉酣
的大梦，就像国王的新娘
在深红的睡袍下怡然睡去
颤动的胸房中梦着什么样的梦？

谁又能进入海棠花慵倦的梦中？
新娘并没有梦见国王，
她梦见洞房花烛耀如白昼，
深红的头巾始终没人揭去。

这样的好心情可以维持多久？
从花开到花落，抑或更短暂？
而持续的恶劣天气却把坏心情
推上极端，并延续到梦中

我愿意为一株海棠的幸福祈祷
我愿意在风雨中打一把绿伞

为了在海棠的梦中有一个好天气

为了她从梦中醒来看见并爱上我

1997

牡　丹

大红大紫的美人，众花之王
配得上一个国王的胃口
把所有的美集中到一个器官
把所有的夜晚集中到一个夜晚

所有的肉体倾心于同一个肉体
所有叫牡丹的姑娘是同一个姑娘
开放吧，把一个器官的美放大到无限
烛光中深红的花萼抱紧寂寞的火焰

焚毁过一个帝国的火焰！
洛阳和长安在燃烧，牡丹在领唱
所有超出限度的美难免邪恶
不适于人世间脆弱的器皿

牡丹是对牡丹自身的一声赞叹！
铙、钹与鼓合奏出百鸟朝凤的
咏唱；但你要警惕在夜晚梦见牡丹
否则就会有大福从天而降。

1997

荷 花

时尚的美学裁短了裙子
往上翻，像一个踮起脚尖的舞女
在舞台边沿停住，挺直修长的颈项
修正一个物质的时代关于美的

俗气的知识。紧接着
一阵急骤的风把裙子
吹落到脚下，超凡脱俗的美
被推进到一个前所未有的孤立境地

芙，像一个降落到命运之中的
来历不明的女人，从舞台上
俯视台下的深渊，千万只寂寞的手
怀着渴念，把她揽入空虚的怀中

在镜子中你有更姣好的命运
往下跳吧，闭上眼影重重的眼睛
跳下去融入乍现的星空
我们视为现实的，对你只是片刻春梦

1997

水 仙

那么多期待理解的事物
奔赴你的心中，于是
从那里一泓清泉喷涌而出
让真实的变得虚幻，并从虚构的利润中

爱上虚构本身。像镜子一样轻佻
一生二，二生三，从三繁育出万物
一个复数的时代迷上了自己的影子
天鹅的美在水中扩大了一倍

——把生活的意义扩大一倍，也把
生活的空虚扩大一倍。变幻出另一个你
与你隔着镜子对视，冒充你
却对你隐瞒她自身的秘密

沉迷于自我的人将变得盲目
但内心明亮而芳香四溢
奔赴心中的美并不是捐躯
在千万个化身中哪个是真身？

1997

美人蕉

坏心情像阶前的雨维持着
阴霾的天气。雨水滴穿坚硬的花岗岩
而坏心情却无法打动铁石心肠
雨水渗漏的路径在她身上留下秘密的印记

仿佛她的身体是一块巨大的海绵
吸饱了水分，随时会挤出滴滴答答
的天籁，为了听清寂寞敲打深宅的
空洞声音如何开成一朵伤心的红花

让她感到惊异的是，她每年
都在长高，心底的悲伤也从中学
上到了大学。望穿秋水的眼睛
始终难以认清远方的虚妄

她巨大的手掌向空中伸出，像在
乞求施舍，但很少有人注意她
谦卑的姿态。除了晦气的上帝
抱歉似的把一小片月光放入她的掌心

1997

夜来香

被放逐到夜晚的肉体
已没有什么秘密可言
时代的风尚驱赶着婚姻的过客
成双出入于她的梦境

她试图用拒绝睡眠的方式
理解自身的处境，甚至
通过卓绝的努力，她
已学会使自己与夜晚浑然一体

但对于赢取生活，梦想
无能为力，即使她更换
香水牌子，把胸罩放大两个尺码
肉体也仍然只能在冷藏箱里

保持抽象的新鲜
仿佛一辆豪华轿车
安上了一个报废的马达
在失眠的公路上艰难地旅行

1997

梅　花

从一场飘落到广场上的雪
往回看，梅花其实已开过多次
但是积雪中的道路充满歧义
往回走，你走进同一个错误的天空

积雪渐渐铺到书房的台阶上
你却无法把梅花移植到庭院中
在所有的难题中撞上同一个难题
话筒的嗡嗡声中，梅花朵朵谢去

相爱的可能性是有限的。
你体验过一条道路的全部寒冷
却无力超越它。你到达那里
几乎总是在梅花开过之后

逃亡到春天的路，被最后一场雪
引上歧途。黑暗被抬高到树梢之上
一场雪填满了黑夜的眼窝，在其中
梅花亮如星辰，像天使的伤疤

1997

卡斯蒂丽亚组诗 |

颂

把我从黑暗引向光明
把我从生存引向死亡
把我从地狱引向天堂
把我从孤独引向尘世

1993

雷雨中的卡斯蒂丽亚

卡斯蒂丽亚，让我们在雷雨中重逢
这将成为一个神迹，在雷雨中
重新有枝繁叶茂的生命和不朽的舞蹈
为我们确立出一个神圣的中心

请走到雷雨的中心，卡斯蒂丽亚
只有那些此刻仍在飞翔的事物
知道谁能在雷雨中不湿，在雷声最急的地方
瞬间的寂静改变了原野的景象

你在梦中遇见夏天的最后一场暴雨
世界湿透了，你是唯一没有淋着的谷仓
在大地上，多像微弱的烛火，你的身体
在倾盆的雨水中舞蹈，为我们献身

卡斯蒂丽亚，雨水从你的顶端落下
又全部在根部流走，这是在指明另一个神迹
那些伸手可及的花枝，期待着我重新回到
道路的尽头，在那里迎来最后的复活

1990

雪中的卡斯蒂丽亚

如果你能够走到寂静的内部
你一定会在那里遇见雪，那是它的核
雪是它甜蜜的仁，最小的风
也不能穿越那里的街道，卡斯蒂丽亚

在冬天酷寒的庭院里，升起
一树瘦削的梅花，绽开寒星般的花蕊
仿佛在另一个人迹未至的星球上
黑暗里漫天飞舞的雪花，把它当成自身的中心

卡斯蒂丽亚，这就是你
雪地中的梅花，让我们向高处瞻望
穿过整个冗长的冬天，你这高大而孤单的妇人
静静站立窗前，吸引着整个大千世界

围绕着你旋转。你缄默着不发一言
所有的声音却以你为中心，你本是歌的源泉
卡斯蒂丽亚，万物都已温顺地朝向你
冬天里高举的火把，惊愕缚住了我的双手

但从我的身体里，已伸出另一双手

把你抱在胸前，卡斯蒂丽亚，这已不仅仅是奇迹

无限地扩展自身，你到达了世界的边缘

在那里，一切都归于神圣的雪，归于寂静

1990

节日的卡斯蒂丽亚

卡斯蒂丽亚，你多么像一个盛大的节日
当风暴从遥远的海上刮过
你短小的舞裙翻动阳光，撩拨着我们的欲念
闪光而迷人的大腿！青铜的欢呼和舞蹈！

这是从什么时候起，你已变得更加赤裸
当你在秋天的地窖里酿出美酒
让我们像夜晚的酒桶一样沉睡
欢乐的精灵呵，是你引领着我们的步伐

当你的歌队来到神圣的祭司面前，死者也缓缓
归来
卡斯蒂丽亚，你这雷霆的领唱者
在众人的瞻仰之上，在倾诉的歌者之上
你踩着天穹的圆顶舞蹈，又从容地降落

在大地上。你的运动通过了天空的轴心
围绕着命运快速旋转的辐条，你更快地旋转
正午的狂欢！丰盛的收益！清醒的沉醉！
你就像那个黑非洲的女神，踩痛了我们的肋骨

卡斯蒂丽亚，这沉默的击鼓者也在疯狂舞蹈
黑暗中的跳跃和回旋，它的步伐在心灵的内部
踩出
呵，炽热的香炉，那奉献的香烟缭绕着你的脚踵
一直把你的舞姿送上云端，抚摸圣洁的宝座

你是否已倦于倾听，引领着我们的牧羊
在这赤贫的葡萄园里，你这命运的洞察者
当我们在你的神泉里深深痛饮，卡斯蒂丽亚
请你再一次愉快地降临，让大地受孕

1991

舞蹈的卡斯蒂丽亚

卡斯蒂丽亚，此刻你如此轻盈
当仄费洛斯的浪花越来越接近海鸥的翅膀
你小小的脚踵洁白如玉，就像结晶的盐粒
踩着玉盏花破碎的花瓣舞蹈

当泡桐的树叶纷纷从它的躯干上脱落
让我们从松垮的面具下解放出无辜的身体
在闪电把我们击落之前，脱光所有的衣服
当命运的脚步声猛踢着坦塔罗斯家族衰朽的门
楣

秋风的精灵，越来越轻盈地舞蹈
卡斯蒂丽亚，此刻你加倍从容
当一切都在丧失，我们怎能不把心上人怀念
航海人从风暴中脱身，你怎能不把他们的祈祷
倾听

闪电划过天空，就像鲸鱼在光滑的腹部受伤
这时候没有什么称得上遥远，卡斯蒂丽亚
我像一头蒙住眼睛的骡子，在隆隆雷声中转动
还怎能把你引向我们幸福的家园

当一切风平浪静，原野和尘土安息
大地上只有你的舞蹈，伸展所有赤裸的枝条
越来越接近悲剧的顶点，紧接着
大雨倾盆而下，为我们安排下一个淋漓的尾声

1991

冬至的卡斯蒂丽亚

卡斯蒂丽亚，当你从你的神殿里出走
这一年冬天大地上雪花纷飞
追寻着你的足迹，我们一再在雪地里
迷失方向，风像一把利刃

深入到我们身体的内部，我们绝望地抱在一起
就像花蕊紧紧包围在花瓣的中心
黑夜高举着我们的火炬，在茫茫的风雪中
一小队朝圣者丧失了最后的视力

卡斯蒂丽亚，为何剥夺我们的安慰
在我们的耳边，黑暗在疯狂地呼啸：
把心灵还给石头，把不息的大海
还给坟圹，啊，卡斯蒂丽亚，死亡是什么

我们从何而来，又归向哪里？
在我们这些平凡的人们中，那会是谁
幸福地穿越这个冬天的门槛
当我们成片地在雪地里扑倒？

急骤的风雪摧垮了我们的意志

我们像一小股突围的进攻者
风吹着我们溃退的路线，卡斯蒂丽亚
你在哪儿为我们安排家园和灯光？

1991

复活的卡斯蒂丽亚

卡斯蒂丽亚，我们重又聚集
当雷声滚过三月的天空
你把生命还给原野，不朽的舞蹈
重新回到丁香和林檎的枝头

群鸟从远方归来，栖满了
庭院里复活的大树，它们用感激的歌声
撒满我们灰暗的心灵，雨水重又落下
大路上重又充满了孩子们的欢笑声

大豆、玉米、小麦，耕种的日子再次降临
我们的爱情也在田野里悄悄醒来
一切又重新开始，一个挽歌的时代
已经结束，重新有黄金的灵魂

上升在天空中，为我们舞蹈
卡斯蒂丽亚，让我为你献上光明的祭礼
过去属于你，让我把未来献给你
唯一的处女，从你的手中接受了祝福

1991

雕塑的诗（组诗）|

力量通道

从虚无中创造了万有
这沉静的、生生不息的通道
让世界充满了生命的呼喊
女孩
对生活早已暗自以身相许
皮肤下血液禁不住暗潮汹涌
只待一声召唤
你青春的脸便会如花绽放

生 机

在生命之树的荫庇下
鸽子和少女静静睡着了
梦着各自的蓝天和爱情
行人呵，千万放慢你的脚步
不要惊飞这短暂的梦！

年轻女子

你的步履显得有些沉重
却没有丝毫迟疑
因为生命已结出丰硕的果实
和你并肩走过的路上
空气也被压得弯向了路面

姐　妹

你们共同走过的道路似乎很长
但也许就要结束于这幸福的一天
从你们仰望天空的不同姿态
展开了分属于你们的不同未来

理　智

让感性获得理性的尊严
让理性跳出感性的舞步
在创造之手的抚慰下
连石头也会做梦！

共赏古迹

我们曾各自沉浸于自己的孤独
创造出令人叹为观止的一切
现在让我们一起走到阳光下
欣赏彼此的杰作

母 爱

你从母亲那里取得的
不仅是食物，也不仅是温暖
小企鹅呵，当有一天你也成为母亲
这情景还会在你的心中浮现吗？

地平椅

最公正的人将坐上这椅子
看日月轮替、星辰升落
你可知在他交睫的刹那
人间将经历多少生死？

融　合

融化的大雪化作了松树的树冠，
太阳的热情化作了年轮。
树木沉默的脉管里，
囚禁了多少呼啸的风？
爱人呵，我们也在走向树心，
化作它欲说还休的语言。

织 岩

爱把谦卑者变成了王后，
最骄矜的人将被教会
倾身下拜的幸福：瞧，
石头也愿意变成柔软的布匹，
遮覆爱人的身体。

2002-10-18

注：以上均为为北京雕塑公园的同题雕塑而作。

第二辑　量沙集

0

大野龙蛇飞舞

闪电不知迂回

诗要在最黑的地方

撞出火来

1

在卡夫卡的楼上或普鲁斯特的隔壁写作

足以让一个小作家窒息

鲁迅的学生没有一个像鲁迅

2

木头的中心是火

火的中心是寂寞的神

3

宇宙的马达

安在你的脉搏上

为你听诊的医生

听到宇宙病人膏肓

4

鸟鸣如花

开在早晨的树上

5

鸟鸣叫出了一个天堂

6

在我梦中歌唱的鸟
当我醒来的时候
消失了踪影

7

一万年的长风吹我
高原的星辰密如蚁卵
雪山，这撕不烂的信仰之书
逼近人间的光

8

姐姐们都老了
我独自返回
空无一人的故乡

9

铁匠铺的火焰是冬天的心脏
就像猎豹是树林的心脏
怀抱炉火的人　打铁的人
以及怀恋往事的人

10

铜钉，铁钉

铜钉，铁钉

铁匠铺里铁匠们打铁千年

打出的还是一件件农具

11

每一滴雨里都有一个祈求

每一滴水里都有一个死亡

一千座树林的反对

一万个村庄的叹息

12

乌鸦的叫声近，布谷的叫声远

麻雀的叫声零零碎碎

13

麻雀的叽喳

围绕觅食

布谷鸟把青山

叫到我的梦里

14

花呀，花呀

一夜春雨

它们就这样开了

15

鸭子被洪水冲向下游

嘎嘎地呼救

她在岸上奔走

两者的心情一样紧张呢

16

鸭子跟着鹅下到河里

鸡在岸边候着

它们是一家子啊

17

农家的少女举着一枝桃花

走在田间的时候是美的

当一个农人举着一树桃花

回家的时候，是悲哀的

18

家家铁将军

后院的水龙头被谁拧开

兀自流着山泉水

19

我看见槐花

像一串断线的珠子

连续落到地上

20

西湖：以苏小为表

以秋瑾为骨

以荷为呼吸

以梅为魂

21

心，多出的一朵玫瑰

爱情，多出的一个季节

比多出还多出的是一首诗

献给多出的一场火

22

春——孩子手心的小鹅

夏——荷叶上的露珠

秋——屋檐上的红柿子

冬——诗人的白头

23

小区内的紫薇一半开花了

还有一半沉默着

似乎对开花这事毫不关心

24

童年：有白杨和池塘的风景

寂寞夜晚的星星

我是其中一个的孩子

眺望过宇宙的边境

25

白驹大道上的落日

照耀南渡江里裸泳的人

早于台风之夜

母腹中的婴儿醒了

26

从大海学会抒情

成吨的闪电和风暴

从星空学会理性

无限的光赦免人生

27

梨树在秋阳中

开出最后的花朵

路人眼中

包头巾的少妇

28

阵雨中
木槿花一朵朵落下来
削薄了八月之光

29

自我的小小镜子
在大海面前
摔碎了

30

大海蔚蓝的台阶无限伸延
波浪柔软的双脚登上了
天堂的蹦床。跳跃是永恒的事业
哭泣，是欢乐的顶点

31

大海发明了恶
构成众生的梦境

32

松树上的白云
我送给离开的流水

松树上的雪

我留给池上的鹅

33

花朵：蜜蜂的祖国

井：影子的祖国

你的眼：光的祖国

34

鹭鸶啊，伸出你的脚

在空的弦上弹奏

盛世的哀音

35

在这个风雨如磐的夜晚

是谁把松涛的音乐

弹奏得如此悲壮呢

36

寒冬的夜里

父母和兄弟围着沉默的炉火

等待失时的归人

人人不愿错过拥抱的欢喜

37

我在山中写下的笔记

全都染上了山色。

松明中的神啊，在火的舞蹈中

秀他的肌肉

38

莲，众生之恋

从淤泥中长出来

观音——从莲中长出来

地藏——回到淤泥中去

39

香雾缭绕中

佛祖看不见

跪着信仰的人

40

佛祖啊，满足这些祈祷者的愿望

是容易的，把他们引向智慧的道路

却是艰难，把他们引向善的道路

几乎令人绝望

41

风在我们的身外呼啸

年龄在我们的心内沉默

42

疏远猫狗和一切

与人类相似的东西

但你无法疏远

乌鸦和麻雀

43

你在人群中一眼就认出

那个离了婚的女人

孩子看到她的脸就哭了

44

她的眼中噙着一颗泪珠

多么危险啊

一个好世界就要破碎

45

我还没有习惯于被爱

46

爱情，霓虹闪烁的广场

深夜空无一人

47

为了让皇上满意

紫禁城的太监们

用皮纸糊了一个巨大的月亮

因为太阳他们已经有了

48

紫禁城的囚徒

屠杀妇孺的懦夫

作为孤家寡人

他看见帝国的日落

49

阁中帝子今何在

楚王台榭空山丘

流水的帝王，铁打的江山

你手执钢鞭，我挨打千年

50

信仰——井壁渗下的光

爱情——鱼塘的增氧机

道德——异乡的故事

51

灯的心肠

温暖了人间

52

老人说：

云里的日头

瞎子的心

53

天堂，那些不安的灵魂

怀念起地狱的好时光

默默散开了

54

滚石填塞天地

一个西西弗斯

艰难攀升，如蚁影

55

有人习惯于在高处指点江山

我习惯于那无尽的风

提醒人间的距离

56

望不见人间

他从梦中哭醒了

她迅速打开窗户

飞了出去

57

世世代代的羊群被屠杀

活着的羊对人类并无戒心

58

她用哭泣洗刷了所有的耻辱

而你的哭泣只能招来耻辱

59

语言之人从世界路过

他从未与世界相遇

也从未进入世界

60

我不收藏自己

61

寸步难行，因为你不是蚂蚁

一日千里，因为骑虎难下

62

湖，亮出荒凉的内脏
土地，一架散架的坦克
我在明天的门前空空地喊话
引来昨天空洞的回响

63

旗帜追随着风
不，它追随自己
那追随风的
不知被风刮到哪里去了

64

活过了那么多的死
我再也不怕活着

65

敌人的死亡也让我这么悲伤

66

一个坏念头如直升机盘旋
寻找袭击的目标
毒蜘蛛耐心地等候

67

他们试图制造一个无性的世界
换句话说，他们试图把世界
交给死亡来管理

68

浓雾遮住了伐木的声音
宽阔的河岸
遮住了刀斧手的身影

69

深夜狼嚎的秦始皇
也是一个诗人
商鞅和李斯在某一刻也是

70

鲁迅说：我所以活下去
大半不是为了我的爱人的福祉
而是为了不让我的敌人活得太自在

71

他拒绝移民
是为了在祖国的肚子里
留下一把好剪子

72

一个好价钱

让他们卖掉了

村口所有的大树

73

他完全在撒谎

人们用掌声配合他

这一幕上演了几千年

74

我讨厌在任何场合

鼓掌的人

75

他们用舔来忏悔

这是第五大发明

76

一枚分币的孤独

是退出流通的孤独

一尊菩萨的孤独

是被供奉的孤独

77

从他们的世界中减掉"我"

这世界的多米诺骨牌就倒了

78

即使面对上帝

我也要求思想的权利

爱与不爱的权利

79

比起那些登上峰顶的人

我更敬重

那个陪同伴下山的人

80

羿：这寂寞的人间

是我所爱的

所以我放弃了飞升

81

嫦娥：我飞升

是因灵魂的轻盈

与她的不死药无关

82

如果我们是种子
就在土地里再见
如果我们是飞鸟
就在天空再见

83

如果我们是眼泪
就在大海里再见
如果我们是回声
就不必再见

84

果实的星星
是天空对大地的报答
诗歌的光
是精神对肉体的报答

85

在巴比伦的地狱景象中
天使迷醉
当他试图返回天堂的时候
他惊叫：我的翅膀，我的翅膀

86

我们的灵魂就是这个地狱
事实上，没有第二个地狱

87

不要用身体反驳我
身体是圣洁的
只有依靠它
我们才能想象天堂

88

沉睡的大陆噩梦连连
黑暗中航行
航灯被绞杀
一个梦屠戮另一个梦

89

他在仰望星空的时候
担忧着明天的股市

90

金钱是干净的
妓女是圣洁的
斯蒂文斯说：金钱是一首诗
某人说：金钱就是人性

91

明天，我们会怀抱空虚

明天，我们会坐在路边哭泣

但今天属于美好的风声

但今夜属于爱情

92

戴胜：荣誉的冠冕

太沉重了

93

三千年的文火烤着我

我一直在火刑柱上

94

夜晚，河流无声地奔驰

死亡的广场容纳了它

95

闪电对黑夜的书写

被黑夜篡改

96

设想一个没有人类的世界

是多大的欢喜啊

97

你的面影从海上升起

在接近岸边的时候

变成懂事的女人：一种光

区分了日夜

98

我一生都在努力

拆除我们之间的墙

当我自以为成功的时候

惊觉我们之间隔着一整座大海

99

为自己的泪流尽了

为他人的泪刚刚开始

100

钉子说：捶打我吧

把我钉入无情的墙

101

风声已远

此去对岸

我心安宁

2016-6-8

第三辑　长诗

挽歌第一首

1

孤独的处女星归来，从鲸群的流放地
回到从前的航线，当我们紧随着冬天
这个最寒冷的月份，来到高高的岸边
我们已经追寻到肉体的秘密

正如黑暗中含苞欲放的梅花
下降到水中，窥视到流亡的症候
在我们的心底已成长为一轮满月
风像一位执迷的阅读者，翻阅过

寂静的围栏：在我们的腰胁以下
喷泉的幼兽在上升，而梅花在水中
埋得更低，跪伏在命运的创伤之上
就像一个昏厥的妇人，等待着

深秋的跫音把她从纷飞的落叶间
惊醒：那时我们将在默默的怀念中
迎来第一场雪，这些神秘而有罪的
灵魂，就像风驱赶着最后的鸟群

落向地狱：那时我们将梦见秘密的火
在流动的冰山上，冬天的匮乏战胜了
肉体的悲痛，我们像两只落单的麻雀
忍受着体内的饥饿和寒冷：性命危在旦夕

2
破晓时分，一串燃烧的枪弹
从内部穿越我们的躯体
我们必须在孤独的时辰里
把它承受，这古老而又神秘的仇恨

催开了肉体的花蕊，把我们带回水边
我们期待着顺水而下，卷入
浮冰的挣扎，在那迅速消失的岸上
这将是我们看到的最后的景象：

玛丽娅在高高的梅枝的顶端舞蹈
天使长在歌唱：这艰难的爱情呵
竟有如少妇的身孕一般沉重，教我们仇视肉体
在那成为禁忌的事件中我找寻到

古老的格言：死亡和诞生同样是困难的
伊甸园的诱惑者引导我们的肉体
投入狂欢的夜晚：初春的第一场雨
把我们和地狱紧紧地拴在一起

3

正是在这里：第一场雨
把灰烬播种在复活的大地上
被生活拒绝的乌鸦聚集着
把我们引向失败的阴暗力量

而春天竟然使我如此孤单，在身体中
它是我们那另一处看不见的弹痕
就像是一种奇妙的牙痛，总是在雨天
提醒它对牙槽骨永无休止的爱情

所以我说它来得太早，那时我们还不懂得
子弹在灼热的枪膛里呻吟，或者又太迟了
只有它来得正好：愚蠢行动的恶果
无辜地暴露在街头，被雨淋着

这被浪费的青春的热血啊，洒在天堂的阶梯上
沿着它我们一直来到了地狱的入口处
雨水埋着死者那灰暗的身体，黑暗的葡萄珠
这是生病的猛兽眼中上升的启明星

可爱的马驹：地平线骤然倾倒
或者你在最后的冲刺中骤然停住
这是最末的机会：就像一道奇异的光
穿透黑暗中的肉体带来慰藉

4

这是另一支挽歌：它那灰暗的歌词
正奇妙地伸展在我们的体内
在孤独的皮肤下，流动着同样阴暗的河流
就像一副藏在房间深处的面具

而更加灰暗的是我们受到威胁的肉体
在深深的敌意中：生命对自身的报复
比我们想象的更要残忍，从下一个雨天
我们预支到永恒的怀念。迫近的寒冷

就像一场黑暗中的暴动，把我们
驱逐到黎明的前沿，但并没有带来
期待中的慰藉，就像满月中的梅花
被安置在更加孤单的地方，怀念被拒绝的肉体

此刻我们突然领悟到与我们如影随形的
竟然是你：烈火中永生的马驹啊
我们在一场降雪中失去的不仅仅是纯洁的信仰
还有青春、爱和火焰：我们永恒不朽的肉体

1991-9-12

挽歌第二首

1

这不是一个令人满意的开始：雨水落下
落在灰暗的雨天湿漉漉的背景里
就像挽歌中的词语浸透泪水，沿着
悲伤的女主角的面庞汇聚成一条阴暗的河流

一个春情萌动的少女，她那朦胧的心境
是灰暗的，时刻准备着献身
但是爱情的替身尚未出现，就像在大地上
春天还在遥远的边境上徘徊。雨水落下

顺着屋檐下峭立的树枝和道旁的灌木丛
带来去冬的寒意和来日的艰难
疲倦的肉体在拂晓时醒来，梦境里
雨声淅沥但却没有结束，而是一直在继续

事物的来临总是如此出人意料，一切还不曾开始
却已中途夭折，有多少纯洁的心渴望着
就有多少失败，我们称之为春天的
无非是一场考验，生命在其中备受摧残

2

我还爱着：这四个简单的汉字
谁能说清楚生命在其中的深痛
我还爱着，犹如爱着自己的痛苦与绝望
我爱着这垂危的肉体和他的病痛

让生命有另一次开始，雨水中
沥青在凄清的街道上闪着微冷的光芒
两只冻得发抖的麻雀羽毛全湿
就像两个孤单的孩子，在别人的檐下躲雨

它们捕捉的昆虫也在雨中淋着
一切都诞生在困难中，燕子归来
瘦削的翅膀上驮着海上的风雨
和阳光：两个雨天之间一瞬的剪影

在阴暗的檐角，一丛寒梅透着绿意
而我们向往的奇迹还不曾出现，冰凉的雨水
顺着树皮一直灌注到植物的根部，那里
埋着去年的尸体和我们对生活的祝福

3

有谁目睹过死亡的美，谁就会懂得向往
生活仅仅是一次机会，我们早已失去

在通向花园的小径上，我们能够
俯拾到那些没有飞过春天的鸟儿——

这时如果有谁坚持他的梦想，就肯定
会得到他的惩罚：不曾有过幸福
不曾有过昨天，生活成为可怕的诅咒
蜗牛拖着人类的耳朵在荒野上爬行

一个人放弃了生命的全部走下水中
他留下两岸开花的树木、歌声和行走的少女
春天的雷声和秋日的闪电，他已迅速生活
流逝的水却再也没法愈合它的伤口

在天堂的阶梯上行走一支歌唱的队伍
他们的肉体是花瓣，中心的花蕊是歌声
而蜂群是舞蹈，环绕世界的海岸：
一个合乎人情的梦境，但是不可能的

4
我们在岸上还会看到美好的景象：
水流花开，许多人来探望刚长成的少女
但是不可能有复活，不可能再生于祖国的河岸
只是他们留下的歌声还没有在岸上最后消失

暮色里，雨水像一把锈钝的刀子

割伤飞鸟的翅膀：春天正悄然离去
这是为了向我们证明暮色里的雨水
有别于拂晓时催开第一枝寒梅的雨水

有别于夏季急骤的雨水：悲痛的雨水
肉体死了，心还在痛苦着
在遭到遗弃的篱笆后面痛苦地跳着
什么也不曾挽回，什么也不曾过去

而我们的灰烬被播种在沉默的大地上
有时会像飞鸟在傍晚的天空中飞扬
带着尖叫，当春天的雨水又一次落下
生命重又面临着抉择，一切还有待开始

1993-5-7

挽歌第三首

1

蓊郁的树木从四面围拢：透过曦光
墓地精巧得像一只佛龛或贵重的相框
暗示着死者昔日的俊颜，但我们很难
找到合适的字眼来命名四周的寂静

这里是近郊：城市可以轻而易举地
把它拥抱在自己的臂弯内，因此
如果我们以避世者称呼长眠于此的灵魂
将是一个错误。但我宁愿相信

一个人的伟大与历史无关，也与
生活的磨难无关，没有心爱的花束
给予平静的死者安宁与慰藉的将只是
鸟雀的喧嚷，呵，贫乏的献供

但有时春天的雨水将携手的情侣赶拢
令人欣慰地想到，世界依然年轻
依然能够虔诚地接吻和叹息。晨光乍现
犹如一个等待揭示的隔世的秘密

2

拂晓醒来，就像一具刚刚恢复知觉的肉体
在通往意志的街衢上，清脆的鸟啼
显示了第一个吉兆：松树和柏树分立两旁
它们所保护的正是我们一生中鄙视的东西

空气是清新的，夜间的一场微雨
洗去了肉体的垢腻，杂沓的人声
还没有走出人们朦胧的梦境，这时候
靠近墓地，生活将面临一次重大的责问

肃穆的柏树，就像是被惩罚的火焰
肉体的旗帜卷起在焚毁的旗杆上
它们的愤怒像一把复仇的利刃
深深地刺入墓地的空气，袭扰死者的安眠

被俘虏的青春：四季常青的松树呵
不许行动，不容懊悔，在沉思冥想中
度过一生，犹如出土的兵俑和翁仲
守卫着再没有人能够从这里夺去的一切

3

我为什么来到这里：艰难熬过了第二个年头
我重新站立在你的面前，和你拥有同样的思想
在这个世界上，我从未放弃自己的孤独

我还活着：这对我自己已是一个秘密

在一个淫雨连绵的年份，我失去最珍贵的友情
而爱情还在遥远的途中。爱情呵
我从未拥有，女性那令人难忘的美
仍然是那样难以亲近，就像石头的梦想

一阵风从寂静里穿过，空地中传遍树林的繁响
这是唯一的慰藉，被深深珍藏着
我也曾这样，把生活的恩赐化为
感激的言语和正午的冥想：谦卑

作为一种美德，仍能给人纯正的安慰
随后是归还的时刻：词语归还大地和星空
道路和风景归还旷野，生活归还梦想
噢，我的消失是彻底的，如不再重临的阳光

4

宁静的墓地，它容易使我们忘记
死亡是一种成就，我们绝不能轻易占有它
像占有一段露水的姻缘。经过多少艰苦的途程
和内心秘密的转化，死者的灵魂才获得

这令人心许的安宁：生命无法理解
自身的困惑，墓园里徜徉的年轻人呵

当你们转身离去，踩过去年的樊篱
迅速长大成人，你们可知道有什么

秘密的事情发生，在你们身体的内部？
如果拥有第二次生命，你将一饮而尽
还是轻蔑地掷还给造物？犹如一只黑色的栖鸦
疑问在迅速扩张：苍茫暮色笼罩住墓园

又一次，风在树林间艰难地穿行
它抱住一棵松树的躯干：正当一对恋人
走向黄昏的丛林，在这个充满危险的时刻
永恒的金星已高高降临他们的头顶

1993–5–7

挽歌第四首

1

寂寞福海。夏日游艇和忧伤的小夜曲
……昔日皇族荣耀的合理的终点
不需要更多的暗示来表明时光的长度
群聚的麻雀带着心跳和血液的体温

从一个草坡转移到另一个草坡，绝不会
让人联想起上一个世纪的灰烬，此刻
只有孤单的人才能瞻望到落日的高度
高耸的石柱就像光裸的旗杆，梦见

人群中的一张脸，内心有急骤的降雪
从福海远眺，远山像一个没落的王朝
遗留的贵胄王孙，像地质年代巨兽的遗骸
这时如果是一个热爱冥想的人隔岸而坐

会觉得可以轻易地从水面下打捞起
一个旧时代的秘密。在持续的静默里
乌鸦一只一只飞临福海的黄昏，彤红的霞光中
犹如从我们手中漏走的一粒粒时光的金子

2

当我们沿着落日下的小径继续搜寻
往昔的秘密，沉寂的大火将重新升起
从陡峭而赤裸的石柱的顶端，仿佛
闯入了一场不曾预期的噩梦：一张

无辜的兽脸映着火光，紧张地期待着
这是荒凉的火，既无尊严，也不真实
不同于毁灭特洛伊的掠夺的火
也不同于降临所多玛的惩罚的火

一个古老的帝国被推迟的葬仪
神圣的祭服下：一幕很难再遮人耳目的
丑闻，留下了关于东方的想象的传说
不，仅仅是马戏团必不可少的道具。无疑

当我们置身这片广大的废墟，很少意味着
和人类昔日的奇迹相遇：我们很少需要它
尽管壮丽的黄昏带着伤痕和昔日的体温
不断祈求着进入我们的身体：一个梦

3

圆明园的黎明：裸露的石头在沉思
这个时刻属于它的梦想，清脆的鸟啼
啜饮着石冠上的露水。过去的事物

倾向于和自己交谈，我们将很难

深入它们的秘密：在熹微的晨光中
所有的石头正艰难地移近从前的位置
把往昔的辉煌重新推上至高的顶点
而对于梦境中的我们，它们将一无例外地

保持缄默。只有无所事事者被允许进入
和幽灵会晤：一种隐秘的荣耀
在星期天匆忙的街心，他突然止步
把城市围困在它的周围：在人群中

他将不得不坚持一种疏远的表情
他拥有贫困的安慰和梦想家的名声
神奇的体验呵：当他在幻想中深入
事物的核心，他已从平凡的事物中飞升

4
我们置身废墟：它作为前提先于我们的存在
毋须证明，每一阵来自郊外的风
有着石头艰辛的气味，就像夏季的雷雨
带着旷野和裸麦的清新进入我们的房屋

过去渴望在我们身上复活：它只有依靠我们
文明的全部遗产构成我们梦想的材料

就像特洛伊因荷马的歌唱而变得不朽
在我们的心灵中事物将获得更为永久的存在

因此我们不必相信：事物只是不断消失
而不同时也是创造，诸神的死亡
只是继续统治我们的一个伎俩：山桃花开了
圆明园明媚的春天把情人们引向它的怀抱

我们置身废墟：感谢生活
我们可以从中引出欣慰的结论
一切存在的都不会消失，事物的面目
在我们心中不断重新形成，犹如基督的身体

1993-5-8

挽歌第五首

1

时光迅速成熟，把我们推向
生命的永恒的困境：水和岸
对我们构成秘密的威胁：亡灵的歌声
自水下由远而近，甜美的诱惑啊

对于美，我们的耳朵还不曾
学会设防，心灵追随着
轻盈的波光远去，码头和岸
在我们的目光之间升起神秘的栅栏

在身体的内部秘密地行进：一场
徒劳的争夺，长久地滞留水边，抉择
毕竟是困难的：不要试探你的勇气
不要向彼岸张望，水流向前

永远是可疑的沉默：决定的时刻到了
岸是唯一的知情者，谁将满心悔恨
谁已一无所有。苏格拉底的谎言
对我们并不适合：死只是永恒的震惊

2

水平如镜：这正是我们的生存
一个绝妙的象征，水懂得温存地抚慰
孤寂的心灵，在那波心靠拢我们
一棵黄水仙清丽的姿容

在这情景中认清我们自己，沉思
是一种向神明挑战的行为
纳克索斯毁于他的骄傲，一个人
不容许拥有神的尊严和知识

天平稍一倾斜，我们已长眠不醒
水恭顺地接纳了我们，仿佛我们曾是
她的情人和君主：无边的慰藉啊
在透明的丝绒的帐幕下，我们已获得

亲密的拯救：我们占有的事物正迅速离去
那占有我们的，从肉体的寂寞中
解放了我们：它抬起我们的身体
犹如上帝所钟爱的一片轻盈的羽毛

3

在不朽的面具下，成为幸福的
逝者：我们乐于以此安慰自己
那里将适合我们阴暗的灵魂。冰凉的浪花

劫持着苍白的遗骨，艰辛地远行

这是死者在清澈的波浪下
所能获得的安宁：存在何须安慰
在短暂的季节中考验你的勇气
蓦然回首，你是否被岸上的景物感动？

浪花在身下悄悄聚拢：高傲的神祇
我们自己正是世界的秘密，生存的价值
唯有你懂得珍惜：命运在你的苦难面前
埋下头颅，即将迎来的崭新的诞生呵

公正的太阳将在新的航线上上升
在柔媚的波光下，在生与死的门槛上
苦闷在空气中凝聚，我们的肉体
绷紧在正午之弓上，等待一声致命的弦响

4

波平如镜，风在水面上
徒劳地搜寻着出路：苦闷在发酵
正午之镜中找不到一丝缝隙
世界紧张地期待着，整个天宇

仰赖于一只麻雀的翅膀：呵，飞翔的极限
在那最高的塔檐上，一只风铃

从远山捕捉到一丝清凉的微风
一道隐约的银线从水面上颤过，从那里

秘密的变化在惊讶中认出了自己
秋天正神秘地君临大地，写作已无必要
在一个充满威胁的时代里，活下去
是唯一该做的事情。水浪渐起

疲倦的肉体呵，纷飞的落叶从体内开始
伴随着群鸟飞离枝头的纷乱的声音
我们越来越接近那提坦神的缄默：他的失败
作为奇迹，已暗中成为我们心底的信仰

1993-5-8

悼念伊扎克·拉宾

1

当寒流袭击了中国的北部，
城市的气温突降至零下，
当人们从旧衣柜的深处
翻寻出过冬的棉衣、手套

对付一个即将来临的漫长冬天，
当一个穿红毛衣的女大学生穿过
早晨的马路，冲着刚刚升起的太阳
微笑，当我在一个毫无预兆的日子

无可奈何地醒来，起床、刷牙
当生活用妻子的亲切口吻催促我
上街，买一棵白菜、两份面包，
无线电传来一年中最悲惨的消息：

在特拉维夫，以色列人伊扎克·拉宾
遇刺身亡，衰老的身躯连中三弹
在一个和平集会上。我不禁想象
一年中最寒冷的日子已提前来临

2

一九九五酝酿好一个悲悼的气氛

飓风袭击美国海岸，在孟加拉

暴雨激怒河水，数十万人流落街头

犹如被暴力从树枝上驱离的鸟群

天灾人祸袭击我们小小的星球

就像在每个该死的年份、每一日

地震从大阪的瓦砾中伸出双手

悄悄握住我们。萨拉热窝的危机

在人类背信弃义的引擎推动下

向纵深推进。我却从未为此分神

当你的死传来，我第一次被震惊

盥洗室里，人们停止说话

水龙头开着，哗哗的流水代替

悲哀的语言，倾注震怒、义愤和悲伤

你的血在广场上洇开，像一面旗

每一个鲜红的音符代表一只被枪杀的鸽子

3

在遥远的北京，我点燃蜡烛

就像悲哀的人群在特拉维夫

突现空旷的广场，一个人的消失

在以色列空出了一座城市

伊奇洛夫医院里悲哀悄悄走动。
我们的血液凝结，犹如寒潮
袭扰的梅枝。一个姑娘一脸泪痕
成为今夜屏幕上悲哀的玛丽亚

微弱的烛光听任死海上潮湿的风
戏弄，它卑劣的主张是冒充黎明
在我们的心头熄灭所有的灯火；
善良的人们，请聚拢疲惫的身躯

挡住风，免得它窃走这悲哀的火，
犹如一粒渺小的灰尘，否则
把我们的身体变作一支巨大的蜡烛
我们的头发燃烧，愤怒的阿勒克托

4

午夜，沉睡和放弃的时辰，
你在手术台上孤独地死去。
我在电视里看见人们从影院涌入
死亡所占领的广场，受惊的表情

犹如就寝时发现一条冰凉的巨蛇，
代替亲切的问候盘踞可爱的寝床；

一场恐怖的雪封锁了所有血管的
通道，灯火管制在心脏的首府

带来久久的恐慌。你打过廿七年仗
因为别无选择（长短与枪手年岁相同），
你从卡里农业学校毕业，你的志愿
做一个普通的农夫，培育葡萄良种，

葬送于希特勒的战争。伊扎克·拉宾
当你以衰老之躯终于选择了和平，
背后响起枪声，和平之夜猝然倒下，
正当巴以初次握手，叙以和谈尚待举行

5

我们这个悲剧的世纪接纳过
一些不朽的人物：印度人甘地
美国人马丁·路德·金，埃及人萨达特
他们去世的日子曾使历史失色。

在这牺牲者名单上，你沉默地签下姓名
伊扎克·拉宾，一九二二年生于耶路撒冷
一九九五年死于深秋的特拉维夫
在人类相互残杀的血腥的账单上，轮到你

添上一个孤零零的负数。但毕竟无济于事

对于这巨额的负债：从摩西到奥斯威辛。
我们歌唱："悲痛的泪水不能将他们唤醒"
泪水的过失在于它总是落在枪声的后面

啊，十万人的国王广场不能挽救你
免于一个仇恨者的枪杀。从来如此
十万比一，由此你可以简单地换算出
在我们这个星球上所谓和平的前途

6

"历史的机遇赐予我们和平，我们
必须紧紧抓住"，这是你最后的演讲，
然后你走下讲台，在它后面加上：
"即使要为此付出巨大的牺牲。"

我厌恶政治，也从未将你
作为一国领导人给予尊敬；
我的理想，用美的伦理代替
国家的伦理。"一种可怕的美诞生"，

当你在悲剧的顶点猝然倒地，
在上帝的掌握中完成一次伟大的死，
而它的意思几乎是：你获得永恒。
在此我写下你垂直于时间的墓志铭：

"这里安息着一位勇敢的老军人，
和平的敌人杀死了他。清风和松林
环绕着方形墓碑，像放大的国徽，
在其中安卧者，像燃烧的烛芯。"

1995

悼念约瑟夫·布罗茨基

1

犹如电视天线从虚无中

搜索着电波，在屏幕上

传递着缤纷的图像，我们

在词语中搜索，命令它

在意义的空白处开出

异乎寻常的花朵。呵，此刻你的心脏

停电了，你的左心室发生了车祸

我们呆坐在漆黑的房间里怀念电流

2

在你躯体的版图上，暴风雪

在肆虐，它禁锢了心脏的马达

血液的河流封冻了，通讯中断

在躯体的边境和大脑的中枢神经之间

正如此刻，十年来最严酷的冬天

围困欧洲，恐慌像失明的巨兽

从化石中抬起头。圣·马可广场上

水位节节上升，淹没了流浪的鸽子

3

约瑟夫从化石中抬起头。圣布罗茨基，现在轮到你

来满足死神的饕餮，不过对于你

他的胃口会格外好些，像一个

傲慢的裁判，中止了一场精彩的比赛

这正是我们和死神游戏的规则

而你已永远罚下场去，失去了一切机会

4

应该说你死得其时，因为

你目睹了你所目睹的

而活着的人们将被迫目睹

甚于你所目睹的。洪水

将再一次漫过我们的星球

搜寻我们这个世纪的幸存者

并使他们痛悔不已

5

轻慢的巴别塔高耸入云，仿佛

一列列环绕地狱的活火山

以令人晕眩的速度

迫使终点提前到达

在涌出车站的人流里茫然四顾

初出茅庐的外省保姆闻到

城市的体臭，一股刺鼻的硫黄味儿

6

没有天使来索要我们的灵魂
魔鬼也没有。天堂和地狱
都很难与我们的分量相称
灵魂的拍卖行生意清淡，的确
死后的一切已乏善可陈，一页空白的纸张
覆盖了我们身前身后的全部
啊，无辜的纸张，更加无辜的谎言

7

其实我们更愿和魔鬼结成同党
地狱里花样翻新的苦难至少是切身的
也比天堂里虚假的神性和可怕的单调
来得更有趣些。魔鬼的现身说法
比起天堂里难以下咽的甜点将包含
更多的真情。人们不能懂得心灵的享受
如果他们从未在那里争取到自由

8

你未能完成"二十世纪的历史"，想想
人类的野心所能收获的
大抵如此。城市的身量仍在疯长
昨天的衣裳已难以遮掩她新鲜的肌肤
这表明我们仍然迷恋于进步的事业
但我分明听到一个不祥的声音

在工地上彻夜不息的轰鸣声中
正越来越清晰地送到我们的耳边

9

死后是存在还是不存在
你几乎可以肯定地回答这样的问题：
"那里非常像地狱，只是更脏些"
我们反抗死亡，仅仅因为它的千篇一律
违背了我们的美学原则。从"一"中
寻找"二"以至更多，已成为你的全部事业
并从中引申出诗歌神圣的伦理

10

"多么杰出的毁了……如今又让我见到
怎样的收场"，现在你很难找到
一个女人为爱情之死连续哭泣
超过三个晚上，更可能的是
她一边垂泪，一边盘算着剩下的人物
谁更适合填补空出的位置。你瞧
美容业挽留了女人的容颜和丰姿
到了你这个年龄，她们仍然风韵犹存

11

房间里，一排排等待阅读的书籍
哀悼似的，在下降的体温中咳嗽

关于两三部长诗的笔记，下一年度

授课的计划，与一位女士的约会

预订的日期，被郑重地标上一本

快撕光的日历。唉，死让我们出了丑

再也难以隐藏我们小心遮掩的全部隐私

12

在我们的时代，诗人之死

很难构成一个事件，就像

鼠疫和霍乱的疫情在我的祖国

需要严格管制，其恐怖的程度

在私下传播的过程中被一再放大

而你病殁的消息正在汉语里

弥漫开来，不同的是

没有人会想到为你辟谣

13

声音凝结在猩红而潮湿的喉管里

纽约永不回暖的空气最后一次捕获了

你白色的呼吸；唯有在第一次

显得整洁的被单上

栖满了语言之蝶，将你的死

妆扮得与众不同。它们逐渐占领了

医院的天花板，随后它们将在

纽约的冬阳中轻灵地飞翔

直到闯入我此刻写下的汉语

14

把你从俄国的广阔版图上驱逐
证明是徒劳的。在你的俄语里
拥有整个俄罗斯的风景。而那些
丧失了语言的人，才注定被放逐
约瑟夫，你的流放生涯永远结束了
重又回到母语的怀抱，在曼杰施塔姆
和茨维塔耶娃之间，会有一个位置
供你永远安眠：一只不朽的语言之蛹

15

我们必须感谢你，流亡者
当你在俄罗斯广大的土地上流浪
像一只辛劳的工蜂采集了花粉
你用俄语酿造了馥郁的黄金之蜜
强迫我们回忆苦难的生动面容
而那正是我们的集体故乡，是你
把它奉献于每一个纤弱的心灵之前

16

我原谅了你的傲慢，和对
我所热爱的汉语的不恭，为了你
曾在我们的内心做过秘密而尊贵的客人

你的诗篇被一种古老的语言悄悄收藏
像一笔隐秘的收益。
在接收永恒信息的各种器械中，
你是出色的；在这个世纪末的多语种现场
我们将被迫忍受，因你的缺席
而造成的长久空白，守候一个人的复活

1996

一个钟表匠人的记忆

诗歌是一种慢
　　　　——臧棣

1

我们在放学路上玩着跳房子游戏
一阵风一样跑过，在拐角处
世界突然停下来碰了我一下
然后，继续加速，把我呆呆地
留在原处。从此我和一个红色的
夏天错过。一个梳羊角辫的童年
散开了。那年冬天我看见她
侧身坐在小学教师的自行车后座上
回来时她戴着大红袖章，在昂扬的
旋律中爬上重型卡车，告别童贞

2

在世界的快和我的慢之间
为观察留下了一个位置。我滞留在
阳台上或一扇窗前，其间换了几次窗户
装修工来了几次，阳台封上了
为观察带来某些不同的参照：

当锣鼓喧闹把我的玩伴分批
送往乡下，街头只剩下沉寂的阳光
仿佛在谋杀的现场，血腥的气味
多年后仍难以消除。仿佛上帝
歇业了，使我和世界产生了短暂的一致

3

几年中她回来过数次，黄昏时
悄悄踅进后门，清晨我刚刚醒来时
匆匆离去。当她的背影从巷口消失
我猛然意识到在我和某些伟大事物
之间，始终有着无法言喻的敌意
很多年我再没见她。而我为了
在快和慢之间楔入一枚理解的钉子
开始热衷于钟表的知识。在街角
出售全城最好的手艺：在我遇上
我的慢之前，那里曾是我童年的后花园

4

在我的顾客中忽然加入了一些熟悉
的脸庞，而她是最后出现的：憔悴、衰老
再一次提醒我快和慢之间的距离
为了安慰多年的心愿，我违反了职业
的习惯，拨慢了上海钻石表的节奏
为什么世界不能再慢一点？我夜夜梦见

分针和秒针迈着芳香的节奏，应和着
一个小学女生的呼吸和心跳。而她是否听到？
玷污了职业的声誉，失去了最令人怀恋
的主顾：我多么愿意拥有一个急速的夜晚！

5

之后我只从记者的镜头里看到她
作为投资人为某座商厦剪彩，出席
颁奖仪式。真如我盗窃的机谋得逞
她在人群中楚楚动人，仿佛在倒放的
镜头中越走越近，随后是我探出舌头
突然在报上看到她死在旅馆的寝床上
死于感情破产和过量的海洛因：

        一个相当表面的解释

我知道她事实上死于透支，死于速度的自我耗竭
但为什么人们总是要求我为他们的
时间加速？为什么从没人要求慢一点？

6

这是我的职业生涯失败的开始
悲伤的海洛因，让我在钟表的嘀嗒声里
闻到生石灰的气味：一个失败的匠人
我无法使人们感谢我慷慨的馈赠
在夏天爬上脚手架的顶端，在秋天
眺望：哪里是红色的童年，哪里又是

苍白的归宿？下午五点钟，在幼儿园
孩子们急速地奔向他们的父母，带着
童贞的快乐和全部的向往：从起点到终点
此刻，我同意把速度加大到无限

1998-6-17

雪

积愿从天而降
　　　　——戈麦

1

仿佛有一条道路直接通向天堂。
直立的钢轨闪亮：一趟列车正点发出，
但天国的车站空无一人。探身向外，
仿佛我们确实知道什么是天堂。

从上面飘落下来：雪花纷扬，
从上帝的牙缝间挤出、渗下，
怀着难以言喻的秘密的心愿，
降落到空旷的大地上。但是否

真有一个上面使我们永远
处在它的下方？在天空中横渡，
一个巨大的引擎牵引着天使的翅膀，
孵出一枚晶莹的宇宙之卵。

2

一场静静的雪，像一大群

灰鹤降落在铁青的岩石上，
犹如戡乱时期的军用机场，返航的
直升机带回不安的消息。

持续地轰鸣。但是我们的耳朵
却难以听见那隐秘的声响。我们只是看见
雪花纷飞，在我们的体内
累积起箴言般的高度，几乎

和时间在生命中的分量相称。
我愿以遁世保持自我的低温。
越来越薄，越来越尖锐，
几乎可以代替刀子插入梦的缝隙。

3
密信般的雪，持续下着，
封住了通往边境的道路。又一次
令逃亡者肝颤，权力的眼睛
在来路可疑的文件上扫来扫去。

路障缓缓抬起。翻过巍峨的山岭，
一片开阔的境界映入眼帘；
浓雾中的祖国像去年的新闻，
雪野中仿佛响起一只乌鸫的啼鸣。

我和那样的逃亡者并无共同之处。
漂泊在永恒的风雪中，蜗牛
有自己的祖国，在那里的边境，
没有一个哨兵为逃亡的灵魂放行。

4

在雪中，总有背枪的背影
朝向寂静的房子，总有
默不作声的黑犬奔跑
朝向自由的气味。

黎明之前总有惊恐的犬吠：
密谋者在雪中踏出一条歧途；
披着自由的黑氅，那血污的铜币
有时也会突然向我们迎面走来。

我在电影中看到过叛徒的下场。
但那血液中的反叛者已深入我们。
一条路有可能是两条路。那么
我打算把两条路一次走完。

5

没有声音在雪中被传递。
雪是一个聋子吗？
也没有声音被雪倾听。

雪降在聋哑学校空白的操场上。

聋子在倾听。哑巴在舞台深处
练习歌唱，模仿一架白色的钢琴。
聋和哑携起手来，
像一对反叛的天使。

从一张空白的纸上，他们走来，
翅膀被一只有力的手捆缚着；
背后的森林中，一队队伪装的宪兵
沉默如没有说出的言辞。

6

一辆在雪野中抛锚的卡车
需要肉体的热量。引擎坏了，
穿白大褂的天堂医生，手握针管
为地狱的马队输液。

一阵酸涩的词语在喉咙里
体验着自由落体的快乐。
轻吹一口气，让马群消失。
一个魔鬼骑着天堂的银币赶往地狱。

黄昏和篝火一起闪亮。
如果我们不习惯于仰头，事物

就会自动变小，犹如死去的巨兽
吐出去年消化的食物，在今年再死一次。

7

只要蒙住眼睛，便会在河的上方
布下阴霾的天气；只要一声叹息，
便会有人从房屋中悄然退出；只要挥手，
便会有事物永恒地逝去。

噢，有人曾经在雪地中为什么
哭，为什么独自悲伤踱步
为谁？我已经忘记，
只是记住了那谦卑的姿态。

是否另一个季节已使我染上狂妄的习气？
雪持续不断地降落在我的脊背上。
往回走，通向一切开始的地方；
往回看，让一切开始有结束的沉痛。

8

我们头脑中的一阵晕眩
引发了空难。令人惊奇的是，
我们在私人领地饲养的天鹅
羽毛变黑、翅膀低垂，几乎患上了不育症。

喂，请你用慈悲之心
为天堂的飞行导航。
请远离女色，保持反叛者纯正的趣味。
在人群中保持以往的低姿态。

让我们下降到尘埃中，
匍匐在大地脚下，甚至更低：
低于俯身的情人，低于地下室
的通风口，低于情人的低语。

9

一切堕落都是急促的。
雪花飘降却像失重的飞行
在空中保持奇妙的平衡，甚至
像芝诺的飞矢保持不动，短暂地。

一场巨大的浪费正在改变
世界的面貌。在冷却的头脑中，
有人从厚厚的冰层上走过，
那里傍晚的街道行人稀少。

迷信速度的时代，谁愿做我的同谋
交出狂热的引擎？让我们一起生病，
在找到更好的解决之道前，
请保持现状！

10

雪花飘坠：倒退到蚂蚁的
风度，倒退到橡胶园被砍伐之前，
就像从倒放的胶片中往回看，
后退一步进入一个迟暮的年代。

在一个寂静的午后，在午后的梦中，
雪花飘坠，陷没了洁白的稿纸。
一只兔子进入灌木，跳跃
并被空中滑翔的鹰注视。

猎人和猎物之间，保持
距离不变，使生存竞争保持
有声有色。一首诗诞生了，
与读者保持同样的距离。

11

一支异国的军队潜入城市，
带来陌生的语言，陌生的注视；
一次彻底的改头换面，魔法的咒语
要让一座城市在洁白的被单下

静静睡去。一个梦在高塔上瞭望
冬眠的蛇，孵着一束失眠的光线；
一个词流产，引来众多的词受难，

词典成就了一座死亡的仓库。

一个背叛者走入险途，
正经历重重磨难。哪一天
他将在这咒语统治的城市仰面痛哭，
使众多受难者陌生而惊奇地醒来？

12
犹如黑衣的教士，黑色的猎犬
奔驰在雪野间。犹如黑色的词语
在白色的稿纸间溅起一摊淋漓的黑血，
猎鹰的飞翔直接穿过了死亡。

是词语使思想现形，抑或是思想
使词语的腰身变得纤细？"谁能
把舞者和舞蹈分清？"喂，天使
我们昨夜与之搏斗的是你吗？

但有谁会与天使比赛吐唾沫
的本事呢？收起你那一套吧。
他们却愈陷愈深，像一对冤家
彼此长得越来越相似。

13

一场巨大的浪费从天而降，
一个陌生的词带来另一个陌生的词：
连绵的词语，无休止的韵文，
像是有人从上面不停地倾倒

糖果、彩纸和教士的祝福。
镜中人突然转身向我们走来，
一个世界忽然分裂成两个，一个人
尝试把自己生下，像化蝶？

它抖动翅膀轻轻飞去。
急促的变化中是什么始终如一？
谁是儿子，谁又是父亲？
又是谁在人群中把我们艰难地辨认？

14

一个鸟类学家在大雪深处
模仿鸟的习性。我们追随
猛兽的身影，在雪地上孤单离去，
百兽之王隐身于一个孤单的词语。

那追随猛兽的镜头
有雌性的娇媚，鸟类学家
却已步入暮年，幼童一般

蹒跚学步，进入另一种现实。

灰喜鹊，那鸟类中的饶舌者，
像好消息一样急剧繁育。
在这座隐晦的城市，出门请戴帽子，
大街上到处是鞠躬似的道喜。

15
像两个陌生的词语
肩并肩靠着。由于体温的差异，
身体之间确实存在某种交换，
但永远不可能达到热力学平衡。

就像在我们和天空之间，
能够交换的东西已经越来越少；
对于仰头的姿势，
你我都久已不惯。

但这并不妨碍我俯身，
更经常地，和街道交换一些
肮脏的念头。从上面飘落的东西，
却无助我们恢复闪亮的记忆。

16
最远的地方最先落下。

越高的地方，越是寒冷。
广场上的纪念碑把自己移到城郊。
在它的尖顶和天空之间，

一场旷大的对话正在进行。
置身于寒冷的中心，就要设法
认同它：无边落木萧萧下，
把体温降低到使体温计失效。

保持对生命的诚实：再一次
回到地下，给街道贴上封条。
睁大眼睛，看谁在拨拉算盘珠子；
竖起耳朵，听谁还在继续卖弄高调。

17
雪落在两排篱笆之间
像落在两行诗之间。两排篱笆之间
昆虫并未远遁。它们
只是把家安到了地下。

在我们和它们之间存在诠释的盲点。
区别在于它们拥有巨大的耐心，
必要时睡过整个冬天。我们
却很难像它们那样信任历史。

流亡者提前下了车。
他们不理会前方的风雪。
他们口袋里揣着彼岸的通行证。
但关于天气的讨论还在继续。

18

我情愿在车上坐过一生。
让积雪陷没到我的胸口。
有一条路通向童年的仓库，
我可以像松鼠一样把自己藏下。

把生存的乐趣降到最低。
正和反，两者我全都放弃。
在刃和刃之间，我找到另外的道路。
喂，雪地中有人在听我说话吗？

他们转身时，我继续往前。
每一次天气变坏，总会有
很多人从名单上消失。可是
那一直走在我前面的人是谁？

1998–7–6

福喜之死

1

星期天福喜牵着外孙去公园
遛弯儿，一阵头晕把他绊倒。
他被熟人抬回家中，一星期后
被确诊患了肺癌，已转移到
脑和淋巴。他住进了肿瘤医院，
从此再也没有出来。他死得
艰难，就像他贫苦的一生。
我去医院看他，已经说不出话，
人也脱了形。他望着我
流泪，我也跟着落下泪来。

2

福喜自幼丧父，他的寡母
在族人的白眼中把他带大。
那年我们一块从老家跑来北京
碰运气，他娘拉着他的手不放，
好像从此再见不到他了。为了
拴住儿子的心，老太太在家
给他相了一门亲事。福喜回去了，

捎回两包喜糖，看他美滋滋的样儿，
谁会想到他这辈子就毁于这头亲事？

3

小夫妻俩感情并不算坏，婆媳间
却很快结了怨，不久蔓延到
夫妻之间。转年秋风刮起的时候，
老太太捎来口信，福喜，你媳妇
在家偷汉子，你管不管？福喜
连夜回家，用毛巾堵住媳妇的嘴，
拿羊鞭狠抽，惊醒一村人。
但他们终于没有离婚，夫妻的情分
却彻底绝了，从此媳妇再没有
正眼瞅过他：她为他养了三儿
一女，却从未给他一个笑脸。

4

四十岁上，福喜把媳妇接到北京，
夫妻间的仗却越打越烈。每一次，
我过他家门口，总担心随时会飞出
某件器物砸中我的脑袋。孩子们
也一个个垂头耷脑，只有老二痴人心宽，
见天和街面上一群小痞混，吆五喝六，
打遍一条街。我的女儿和福喜的女儿

同桌，她回来说那孩子老是无缘无故
在课堂上落泪。她几次对我女儿说，
她真想死掉，让所有人都找不到她。

5

去年老太太病重，村里打来电话，
说老太太快没了，要福喜赶紧回去。
福喜和媳妇一起回去了，第二天就
被媳妇押回了北京。回到老家，
一看老太太还有口气儿，媳妇
登时翻了脸，和福喜大闹一场
他只好灰溜溜踏上归程。十天后，
老太太死了，他终于未能给寡母送终。
从老家回来，福喜上我家哭了一场，
但我却在心里责备他太没用。

6

前些年福喜和我一起从矿上
退了休，他的儿女也都成了家。
小儿子大学毕业，在大机关做事，
夫妻间也有停火的迹象。我知道
福喜终于学会适应屈辱的日子，
在家学做一个木头人。这对一个男人

虽然憋屈，但比起不得不以头撞墙，
总还是个安慰。我看到他开始
带着孙女儿、二孙女儿、外孙
在公园里溜达，曾暗自为他高兴。

7
但是谁会想到几年的工夫
福喜就得了绝症？最小的外孙
也可以上幼儿园了，福喜在家里
再次变得多余。难道这就是
得病的理由？媳妇拒绝去医院看他。
那天在儿女的劝说下总算到医院
看他一次。她坐在对面，两眼
死死盯住福喜，突然放声大哭：
你为什么还要害我？她突然上前，
抓他的头发，好容易才被儿女拉开。

8
在他住院期间，媳妇发了疯。
这俩人打了一辈子，到最后
彼此也不放过。难道真是
前世注定的冤家？我想不明白，
那次福喜几乎把媳妇打死，后来
俩人为什么还在一起？十年前，
矿上有一个女的对福喜好，官司

打到了法院，媳妇在庭上大打出手
——被打的是主审法官。这到底是
为什么？难道彼此非得用一生
来殉那份不知哪世做下的孽缘？

9
福喜死了，死在第一场雪落下之前。
除了儿女，我是唯一参加葬礼的客人。
枝头叶子还未落尽。在殡仪馆的檐下，
灰喜鹊叫着好消息。他的媳妇
穿了她出嫁时的红袄，忽然
拍手唱起歌来。儿女们都没理会；
我站在她身后，看到她转过脸
流下两行泪。她终于戴上了
黑纱，走过去跪在福喜的灵前，哭了；
而天上正好下起了今冬的头场雪。

10
人的一生无胜利可言，但有谁
像这个人失败得如此彻底？打小
没见过父亲，在族人的白眼中长大；
熬到结婚，却坠入一生最大的灾殃。
对抚养他成人的寡母，他是不孝子；
对子女未尽责，也未得到他们的尊敬。
他说他忍辱偷生就因为上有老，

下有小，不过自欺欺人。他这辈子从未
成就任何事；但在人生的大结局面前，
谁又是胜利者？谁又敢嘲笑这个人？

1998-12-14

蛇

永恒的困扰，他的终点
　　　　　　　——瓦雷里

永离了天堂，受到古老的
仇恨的追逐，他来到
地上、人类的中间；
他把窝筑在泥土中
远离道路的地方。他吃泥土
匍匐在泥土中。为了高大的夏娃
负担着永恒的苦役，却羞见
她的目光，隐身于草丛……

南方呵，火热的南方，
连阴影都是滚烫的！
这火焰的畏惧者一旦离开
天使把守的园，向着南方
寻找他在天堂被迫失去的！
他深入神秘的远方，在阴影中
营巢，生育阴郁的后代
以他每一个阴郁的念头！

呵，树木枝繁叶茂，撑起
一片怡人的清凉，却拒绝
这永恒的矛盾者分享。
他在自我的焦灼中焚烧；
他经过的地方，草叶枯焦
泥土碎裂，成为灰烬的灰烬……
他与万物为敌！这缠绵的情意
袭扰他的睡眠，催他惊醒！

而世界不复容他，在他身下
迅速退避。广泛的危险
犹如全身麻醉，比他
本身的诡计更为神秘。
但是我们伟大的同盟者
却对它不闻不问，装聋作哑。
这是他应得的惩罚，还是出自
他奇特的嗜好，与危险共枕同床？

他的尾巴细如美人的腰肢，
他的行动迅如草上的劲风；
那么快地，他适应了失败者
的生活：在最短的时间
把自己在草丛中藏好，以至
上帝再也不能把他作为把柄
来处理神学的疑团；但他

永远是他自己的疑团，自己的结……

在苦恼中，他吞食着自身
一个永远解不开的自我之谜！
生存是永恒的冒险：风吹而心悸，
草动而胆寒；甚至飞鸟的影子
一个声音，也会使他战栗……
懂得纯洁的道路，拥有
邪恶的名声；致命的武器
永远针对着忐忑的自身。

在黎明的光辉里，他醒来了，
挣脱了冰凉的泥土的梦，
躺进心爱的树荫，喃喃自语，
那梦中的角力犹使他惊恐；
仿佛抱着自己向着太阳飞升，
进入另一个天堂，另一重光明……
多可爱的天使，温暖人间的血气，
在漫长的冬季，沉沉的睡眠中

他也感到了它奇特的召唤，
它的来临。那是另一个自我，
在蓝宝石的天空中倾洒着
不灭的光辉。连他也逃不开它的威力！
多大的浪费，枉费多少心计，

倾注了多少热情，才把生命
从睡眠无边的黑暗中催醒。
而他在地底下盘绕着，满怀疑虑

不敢抬眼凝视它的光明！
树荫遮庇着他，黯淡的回忆
缠绕着他；他跟人类一起
进化，向着相反的方向！
曾经是火中之火，一旦离开
伟大的太阳，血液慢慢冷却，
像是宇宙产床上一枚被遗忘的
卵，他紧紧地抱着自我取暖！

这自我的放逐者，永离了天堂，
却永被天堂的影子追逐着！
自我的敌人最好放弃言辞！
——默默地把自我的苦果再咀嚼
一遍，那是对自身的永恒敌意
啃啮自己的心肝。逃吧，消失吧
让秋风吹凉你的血液，进入
一个冰冷的、没有知觉的世界！

响应着内心的号召，你蜕皮，
你换骨，你吐露黄金的芬芳，
你同时是茎与叶、根与花。

天堂与地狱在你的身上合一。
你多想借助这奋力的一跃，
跃出你自身，在悚然的草叶间
完成一出从生到死的变形记，
宛如蝴蝶因一梦而诞生！

逃吧，逃离存在的迷宫，
这自我监禁的牢狱、
神秘的肉体呵！快用
一千只手捂住耳朵，把
多余的舌头割去，用沉默和遗忘
驱逐歌者的言辞，诱惑的女儿；
呵，冰凉的躯体，那是谁
把一个死去的自我捧在手中？

来吧，说服之神，劝诫之神，
我吁请你，让他放弃这苦果
和加在自己身上的无休止的惩罚吧！
让他挣脱这自我的沉重的枷锁，
去啜饮花冠上的露水，唾弃自身。
伟大的太阳呵，让智慧自我成熟，
像那巨大而甜蜜的浆果，在灌木丛中；
让他为自己赎身，与自己和解吧！

他躺卧着，在盛大的星光下，抬眼

看见自己的形象，从玉石的花冠

滴下智慧的蜜液，叫天使啜饮，

醉倒了那样的一大群！……

从带露的花叶间，他偷觑着它，

繁星满天，犹如命运神秘的指纹，

他费劲地思量这古老的文字；满怀疑虑，

心事重重，他移动在迷蒙的月色中……

2000-8-21

纽约降雪

1

雪花飘落，正当纽约的黄昏
在风的引擎与风的引擎之间
在明亮的星座与明亮的星座之间

犹如密集的蛾子
被大地的星光吸引，长街上
一层层摞起冰凉的尸身

仿佛天空中有一个马达
永远停止了转动
一个精敏的头脑停止思想

仿佛有一个葬礼
在天空的深处举行
引导着大地内部另一个悲哀的葬礼

雪花飘落，冻结了纽约的速度
让今夜的曼哈顿更加拥挤，让驾车的人
变成步行的人，让步行的人变成游手好闲的人

2

我的愁思使飞机翅膀猛地一沉
我抵达纽约，却不知身在何处
第一场雪好像一个神秘的提示

雪花飘落冻结纽约的速度
让多少事情脱离正常的轨道
意外不断报告着生活中的例外

一个妻子没有按时回家，她将永不回家
一个男子在高速路上焦急地按着喇叭
一个孩子看见了天国的神秘幻景

雪花飘落如爱的叮咛
这是天国的玫瑰，天堂的福音
从未抵达自囚的心灵

却不得不忍受疲倦的、麻木的
鞋的践踏。在圣诞前夜的繁华中
让人联想到天使凋零的羽毛

天堂的花园也在降雪。
凋落了纯洁的花朵
熄灭了星星。

3

在飞越落基山脉的旅行中，我不知道
身边的人就是寻找了一生的人
我不知道明天的幸福就是今天的幸福

在纽约郊外紧邻机场的小旅馆中
一根蓝色的电线维持着
我和过去仅存的联系

割断这小小的静脉，我的未来
展开在想象中。如果我愿意
我不再是一个丈夫和一个父亲

祖国的花园玉树凋零，寒风肆虐
我们有多少兄弟姐妹四散飘零
在曼哈顿的地下室潜藏下来

此刻我想念他们。我想知道
在自由女神的庇护下
他们是否找到了新的爱、新的生活

我感激这个广阔的国家
为我们对现实的憎恶之河
提供了一个通向大海的出口

不管这里有多么卑贱的灵魂
在这个世界上，自由女神的火炬
仍然是最接近星座的尘世之火

4

在漫天大雪中，我怀念一个人
一个步行的人怀念一个飞行的人
他已经成功地把自己的身影藏进天空

搂着长街上冰凉的灯柱，一个流浪者
幻想把飞舞的雪花变成绵绵情话
告诉走过身边的每一个人

或者只告诉一个人。但我怀疑
这异国的飞雪能否懂得陌生的汉语
在纽约街头，我试着用英语问讯

却不得不继续用汉语抒情。我无法
像扔弃一件行李一样丢掉我的记忆
远方的苦难在新大陆继续跟踪每一个人

5

飘飞的雪花越来越像缺席的记忆
一部失败之书和悔恨之书
装饰了一场盛大的告别仪式

祝福吧，所有沉睡在酣梦中的人
让他们在梦中怀抱着一座谷仓
或者怀抱着一座花园

苦难的人是那些无法入眠的人
他们醒着，爱着，恨着，回忆着
守护着大地上最后的灯盏

如果告别的仪式就是遗忘的仪式
一场雪也许就能把一个大陆埋葬
明天也许就能把昨天连根清除

飘飞的雪花越来越像缺席的记忆
但新大陆也许就是旧大陆，明天
也许就是昨天。爱，也许就是遗忘

2009

你走到所有的意料之外……

——悼陈超

你走到所有的意料之外，也走到
自己的反面，犹如一阵急骤的风
翻转一片秋天的树叶；或者起于
星空深处的一声轻叹，倾覆了
黑暗之上的航船。那是来自
命运的律令吗？我们迟到的眼泪
无法解释你的受苦，甚至身边的
亲人也无法对你多年的隐痛感同
身受。也许你太累了，也许你
已经超越把我们留在本地的一切；
而我们心中孤独的深井，在这个
秋天更深了。
你我见面不多。一次在大连
你板着脸学起《红灯记》里王连举的唱腔，
引得满屋的笑声。我却感到寂寞
独自怀念戈麦，心想时代真是变了。
另一个晚上，在你和唐晓渡的房间，
我们一起谈到另一位诗人的诗作，
你说"爱才是诗的真正起源，恨是
消极的感情，诗人不能被它左右"。
此言深得我心，从此把你视为可敬的

兄长。你曾邀我和家人到石家庄玩儿
趁孩子还没上学；如今孩子十八了，
我还没到过你的城市，而它和我们
已经一起永远失去了你……

最近一次是在北大，吃饭的时候
你拿着厚厚的两本会议论文集
指着里边的文章说："这么些文章
只有你真在和老先生们讨论学术。"
"除了学术，我不懂得谈论什么。"
我的自矜会否让一向谦和的你感到
不快？此外只接到过你两次电话：
一次是为了给你的新书写推荐语，
你打电话来道歉，说让我为难了，
因为事先我并没有看到你的新书。
还有一次，你探问我有没有可能
在我就职的出版社重出你的
《探索诗鉴赏辞典》，这让我感到
心酸，但我却无法满足你的愿望。
说到你视为生命的诗和批评，我必须
坦率地说，它始终未能让我完全服膺，
我私下认为，受制于某种宏大的话语
和激越情怀，人为荒废的童年，你和
你的一代人未能培养起健全的感性，
因而难以真正深入诗的奥秘。当然，

也许这只是无情的时间改变了我们对
世界的感受。有一次，你和别人谈到
自己的诗，"写得也不比谁差，"
我感到惊讶，那时候我还没有读过
你任何一首诗。

关于死，我也曾经
认真思量，在戈麦自沉后的一段时间。
但我还有不舍，还有不甘：这世界
不该就这样交给他们；我们活着，
就像一颗颗嵌入时代肉身的钉子。
而我一直以为，你是对死亡的诱惑
具有免疫力的人，我也不愿意相信
一个总把别人放在自己之前的人
会为了自个儿解脱就这样突然放弃。
你走后，我梦见你，在医院的走廊上
醒过来，对哭泣的妻子说："我也
不想如此。"在梦中，我禁不住流下
眼泪。多年来，我们已谙熟于与死亡
周旋，"这只是一场游戏，仿佛与另一
自我的对弈。"我反对自杀，这信念
越来越近乎固执。戈麦说，"生命太长"，
他自沉时二十四岁；而一位活过了
八十岁的老诗人说："对于我们的
灵魂来说，一生的时间总是太短！"

我们还有那么多该读的书没有读，
还有那么多未尽的责任，没有尽！
还有，还有那么多的诗没有写出！
既然，诗人本就一无所有，我们只有
和他们比我们的命；文明和野蛮
谁的命更硬，谁的气更长？你也许会
笑着说，你这是在赌这片土地的气数！

然而，说到底这些并不要紧。就算不能讲课，
不能写文章，不能写诗，又算得了什么！
文明和野蛮，世界的好和坏又算得了什么！
虽然人间的变故还时时牵动我的神经，
但多年来生活的教训使我省悟，天并非
扛在阿特柔斯一个人肩膀上。歌德说，
"每个人都该为自己的幸福尽他的职责，
好的社会来自好的个人。"
随时间而来的智慧吗？不，也许只是为了
活下去。我们心爱的诗有权利活下去
如同秘密传递的火焰，我们只是它的肉身。
五点钟陪孩子一起打球才是重要的，
在秋日的雾霾中陪妻子一起散步，才是重要的；
在有风的日子，看银杏叶在眼前一阵阵坠落，
尤其重要而且必须；这毒雾弥漫的人间，
毕竟也还有几分美好。但我终于无法想象
连续七天的失眠对一个人意味着什么；

那在高处诱惑你的，又是什么。

"死是早晚的事，不必着急"，那时

安慰我的朋友对我如此说；现在，

我并不急于向你打听那边的世界究竟

如何，"没有雾霾的天堂也没有忧郁症"，

一个朋友在悼念的微信中这样说。

但天堂没有兄弟。我还要活着

在这个不完美的世界上，陪伴亲人

和不多的几个朋友。尊敬的兄长，让我们就此

握手，再见。再见，我的手留住了你的温暖，

就像每一次诗酒聚会后的短暂分别。

2014-1-23